作为花
我从来没败过

冯唐 著

北京联合出版公司
Beijing United Publishing Co.,Ltd.

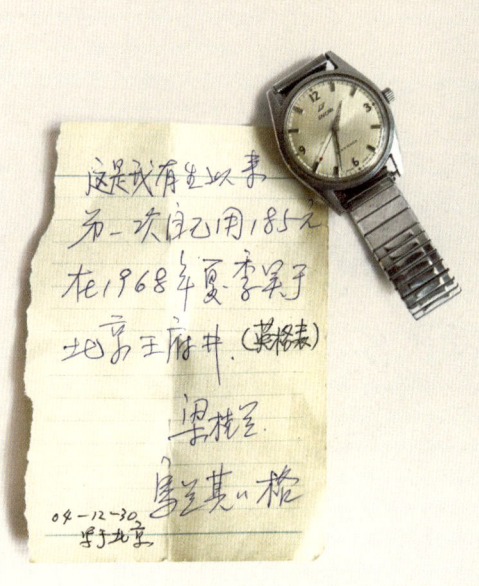

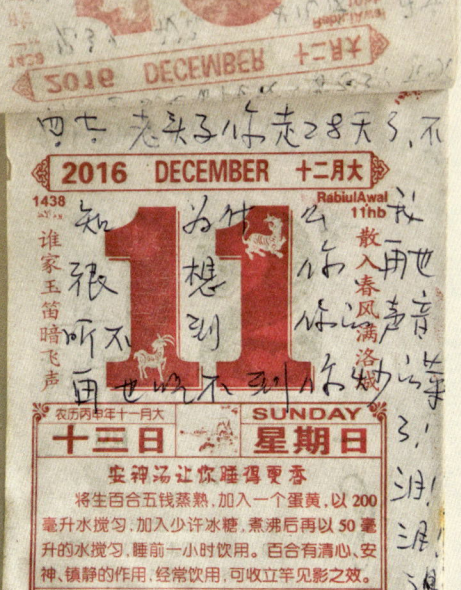

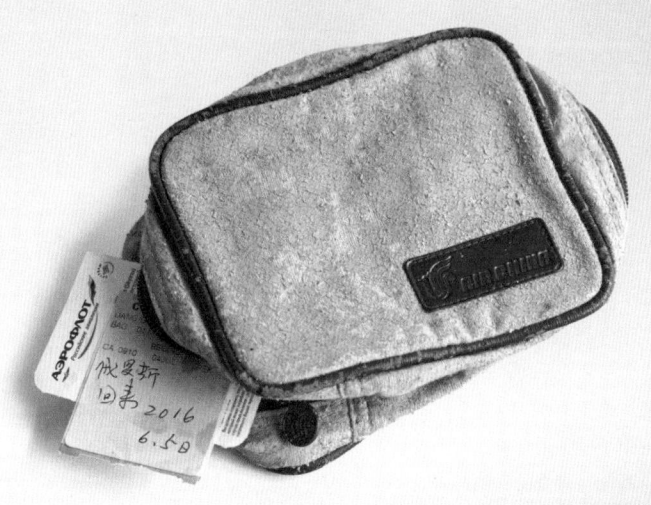

图释

- 1 · 手表。购于 1968 年。
- 2 · 貂皮帽子。冬天必备。
- 3 · 金色耳饰。最爱的一副。
- 4 · 套马杆酒。老家赤峰特产,家里有很多,爱喝。
- 5 · 狼牙饰品。四季常戴。
- 6 · 日历手书。2016 年 12 月 11 日,老妈写于老爸去世后第 28 天。
  "四七,老头子你走 28 天了,不知道为什么我很想你,
  再也听不到你的声音,再也吃不到你炒的菜了!泪!泪!泪!"
- 7 · 国航头等舱洗漱包。第一次坐头等舱留念。
  里面装着和老爸最后一次旅行的机票票根:俄罗斯回来,2016 年 6 月 5 日。

前言

2024年3月27日下午4点45分,老妈在北京走了,我没看到她最后一眼。

父母在,尚有来处;父母亡,皆是归途。老爸2016年走了,如今老妈也走了,以后逢年过节,我没有一定要去的地方了,以后的日子,都是我一个人飘向他俩的归途了。

老妈走了,留下成千上万的遗物,铺天盖地。我从老妈成千上万的遗物中选出101组,办了个展览。目的不是突出一个老女人的贪婪、积攒、没有安全感,而是突出一个女人的一生。

看着老妈的照片,手握老妈传给我的白玉烟嘴,我写了102首短诗。老妈在梦里从固体变成介于液体和气体之间的状态,从硬硬的痛到湖水、雾气、抱着我的漫长的看不见的手臂。

这一切仿佛一场法事。

是母子一场,是死生契阔。

老妈,我爱您。喝酒和作为花,您从来没败过,之后也不会。

是为前言。

●老妈写　○冯唐注

● "1940年10月到1950年10月，在家玩（参加劳动）。"
　○ 在其他场合，老妈自己还明确回忆："我叫乌兰其其格，汉名梁桂兰，1937年农历十月十四日十点生于老哈河畔喀喇沁旗乌兰岗。我的爷爷是札萨克。我的父亲叫哈斯巴根，参加义勇军，汉名梁朝栋，字中宣。我的哥哥叫梁贵三，蒙文名字心里格图，在乌兰浩特日本军官学校毕业后又进黄埔军校，黄埔23期毕业，解放前因为嫂子不走，留在大陆。"
　○ 以上说法，未加考证。我姥姥的确有个一级白的羊脂玉烟嘴，不像普通百姓家器物，她生前一直叼着，走后给了老妈，老妈走后，我每天睡觉攥着，睡得很香。
　○ 老妈更离奇的说法还包括："我们是成吉思汗小儿子拖雷的后代，黄金家族的后代，孝庄皇后的后代。不信？不信你查去。"

● "1950年10月到1953年7月，在本村上小学。老师叫史玉亭。"
　○ 这是老妈五年正规教育中的三年。

10

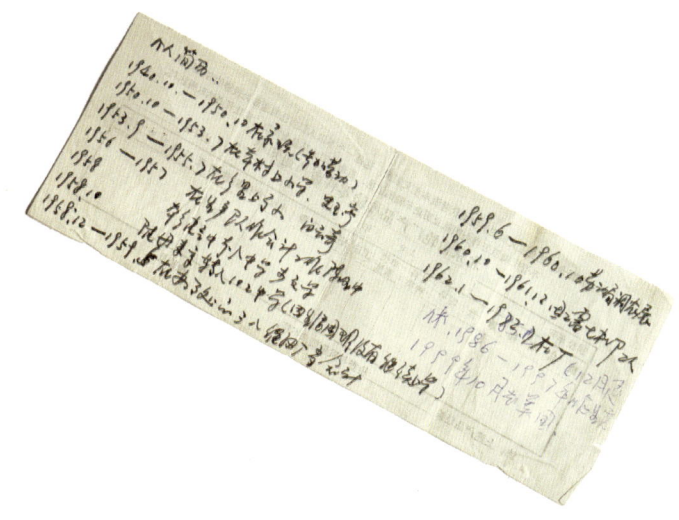

❀ "1953年9月到1955年7月,在乡里上高小。老师叫白云奇。"
　○ 这是老妈五年正规教育中的另外两年。

❀ "1956年到1957年,在生产队做会计工作。"

❀ "1958年,本乡建立中学入中学。"

❀ "1958年10月,随母来京,转入102中学(因生活困难没有继续上学)。"
　○ 我记事儿之后,老妈每次说不过我的时候,就说:"你妈供你上了大学,我妈没供我上大学,否则你说不过我。"

❀ "1958年12月到1959年5月,在办事处的三八纺织厂当会计。"

11

❀ "1959 年 6 月到 1960 年 10 月,经劳动局调至中国农展馆当讲解员。"
○ 老妈和老爸在 1960 年领证结婚,介绍人是我奶奶。

❀ "1960 年 10 月到 1961 年 12 月,因工作需要调至七机部当工人。"

❀ "1962 年 1 月到 1983 年 12 月,在北京齿轮厂当检验员。"
○ 老爸在北京齿轮厂做铣工,老妈检验他的工作成果、吃他做的饭。1962 年、1965 年和 1971 年分别生下了我哥、我姐和我。

❀ "1983 年 12 月退休。1986 年到 1997 年做生意。"
○ 我从那时候开始感觉家里有点钱了,老爸酒后骂街的声音也大了很多。老妈从果脯到银耳到海马到闪光雷都卖,连续很多个冬天,我睡的床下面堆满了整箱整箱的闪光雷。那时候我潜心医学,不知道什么是生意以及如何挣钱。

❀ "1999 年 10 月去美国探亲、帮忙照看外孙。"
○ 1998 年 7 月我飞美国,1999 年冬天带老妈和老爸去纽约玩儿,在百老汇看现代舞,老爸睡着了,老妈一直唠叨:"这些跳舞的怎么这么苦闷呢?"

❀ "2000年5月去亚特兰大参加老三在埃默里大学商学院的毕业典礼。"
○ 2000年夏天，MBA毕业之后，我开着800美金买的二手别克车拉着老妈和老爸去华盛顿玩了一周。那是我这辈子唯一一次开车带着老妈和老爸的长途旅行。

❀ "2000年7月开始，我全世界溜达：香港、深圳、中山、上海、成都、埃及、欧洲十四国、俄罗斯、北极、南美、南极，还回了趟老家红山老哈河，还拜了祖坟。"

❀ "2016年11月13日，他走了，我很难过，我很后悔，没早些送他去医院。后来，我自己走不了了，在协和做了手术，好了一阵，后来又不行了。再后来，我起不来床了，在老三投资的医院躺着，脑子在全宇宙溜达、玩。"
○ 2016年初，老爸和我念叨："我怎么总感觉没劲儿？但是查过了，我没癌，我也不想插那些管子。你别管我了，你别太累了。" 2016年11月13日，老妈79岁生日当天中午，老爸给老妈做了寿面，俩人吃完，老爸午睡，从此再也没醒过来。

○ 2024年3月27日下午4点45分，北京，老妈走了。

❀ 21 岁的老妈来北京扎根时带的第一床被子。她的蒙文名字，乌兰其其格，意思是"红色的花"。

所有春天的所有早上

第一件幸福的事是

一朵小花告诉我它的名字

老妈说她叫乌兰其其格

一九三七年生在老哈河

❁ 折叠餐桌。从垂杨柳到广渠门,一家五口在这里吃过很多顿饭。

这辈子最多的饭是在这张方圆桌上吃的

人少的时候,方

人多的时候,圆

人撤了后,竖起

不是真话

不是假话

只是一瞬间想说给您一个人听的话

我说,风在听

✿ 蓝色花瓶里插了一张字条,上书"1960年9月27日,张光良(印尼华侨),乌兰其其格(内蒙乌兰岗红山脚下老哈河畔)结婚时一双花瓶(一个打碎)。05-01-05。格格亲笔。"

我知道轮回之苦和成佛之殊胜

我看不到老妈成佛的可能

爱人间

只能这样吗？

✿ 在蒙古族人的心中，蒙古刀和鹰一样，是上天所赐的圣物。

我从老妈无尽的遗物里拿走一个白玉烟嘴

姥姥叼了一辈子

老妈藏了一辈子

现在,我睡觉时,右手天天攥着白玉烟嘴

攥着

过下半辈子

老妈 21 岁从草原跑到京城，背了
一个铜脸盆，一盏庙里的铜油灯

一辈子坚持拿铜盆泡脚
没碰佛灯

老妈看着她养死的花
慨叹：人生真短暂啊

我趁机谏言：想开吧，没几年啦
老妈恢复常态：你也蹦哒不了几年了

✿ 老妈喜欢花。去世之前她住院很久。人离开后，窗台上还有两盆花，干枯着，支棱着，维持着生前生长的姿势。

妈妈，我给你画个画吧
妈妈，我给你写个诗吧
妈妈

说好众生皆苦

为什么夜深人静

只剩下我们仨了

刚出门几天,
您为啥想回北京?

我买了好多衣服
好多首饰
穿戴花枝招展
很多人看

姥姥和老妈从红山老家带到北京七块骨头

一根鹰的大腿骨
做线轮
姥姥用完老妈用

六块羊拐
我哥玩完我姐玩
我姐玩完我玩

我们的孩子不喜欢玩

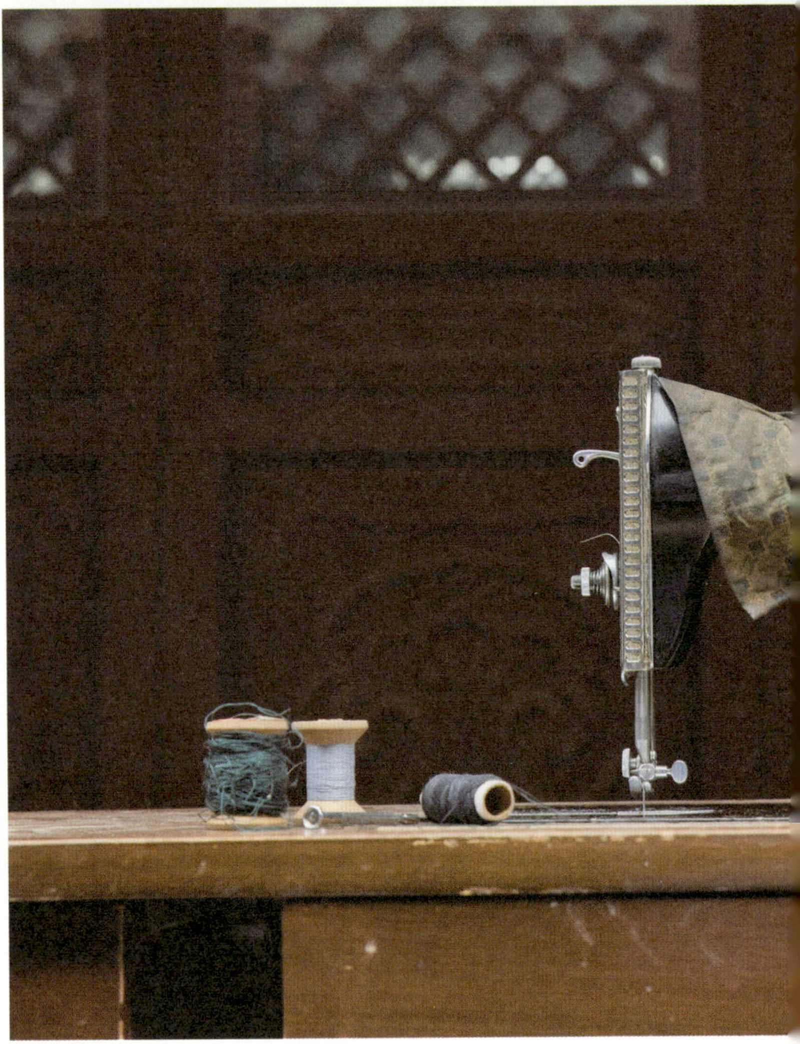

✿ **蝴蝶牌缝纫机。**老妈喜欢刺绣，用它照顾了家，创造了美。

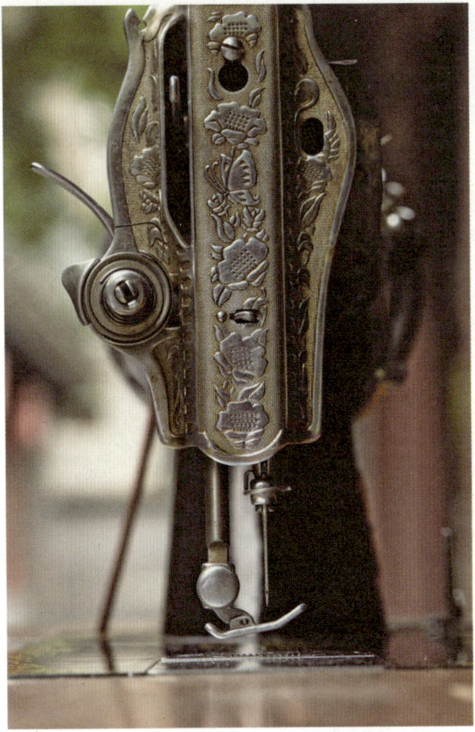

老妈走后

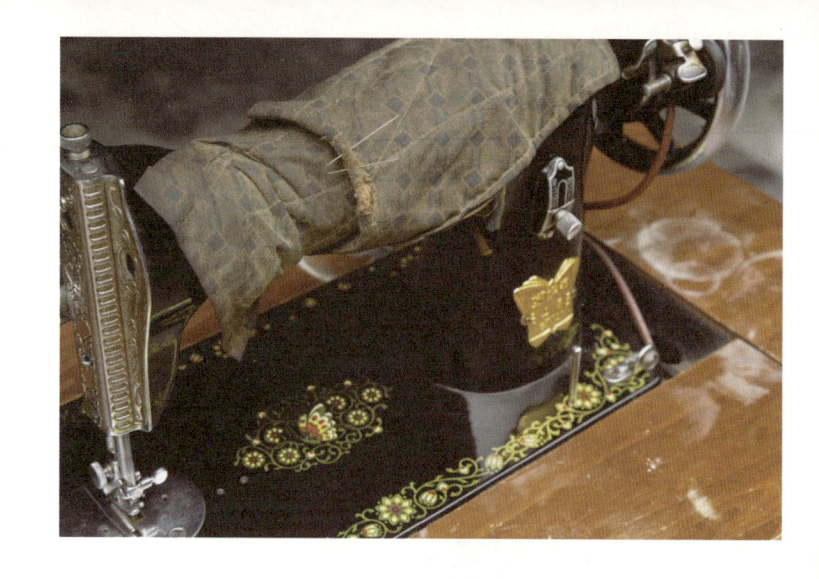

一种拔牙之后补不上的痛

❀ 老爸为老妈手工打造的桌子。曾经上面压了一块玻璃,玻璃之下,是老妈亲手绣的"白毛女"桌垫。老妈把自己的值钱东西都锁进抽屉,称之为"保险柜"。

老妈要一个保险柜装她的宝物

老爸给她用钢板焊了一个

四个壮汉才能抬动

五十年，老妈的宝物和保险柜

一动不动

老妈走了一年，保险柜还是

一动不动

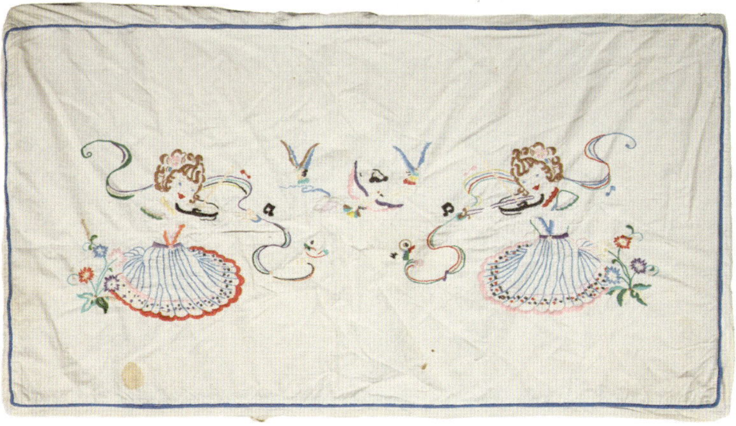

老妈给缝纫机缝了一个罩子

绣了两个像她的女子

一起弹着一支曲子

那就是幸福的样子

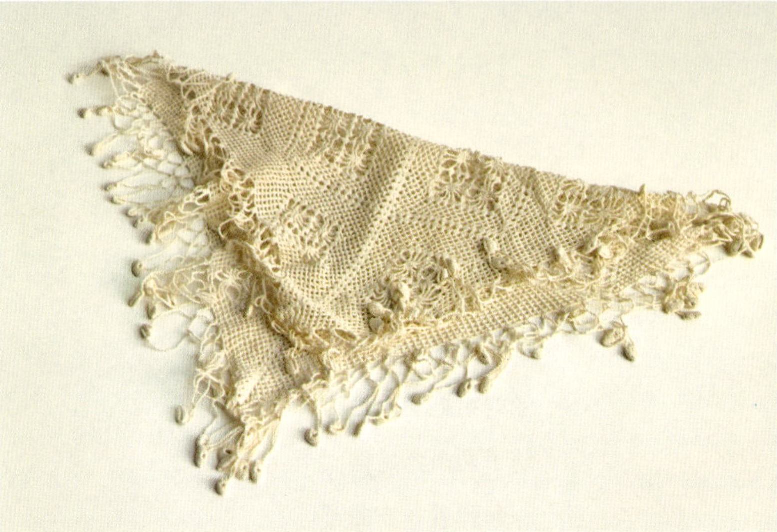

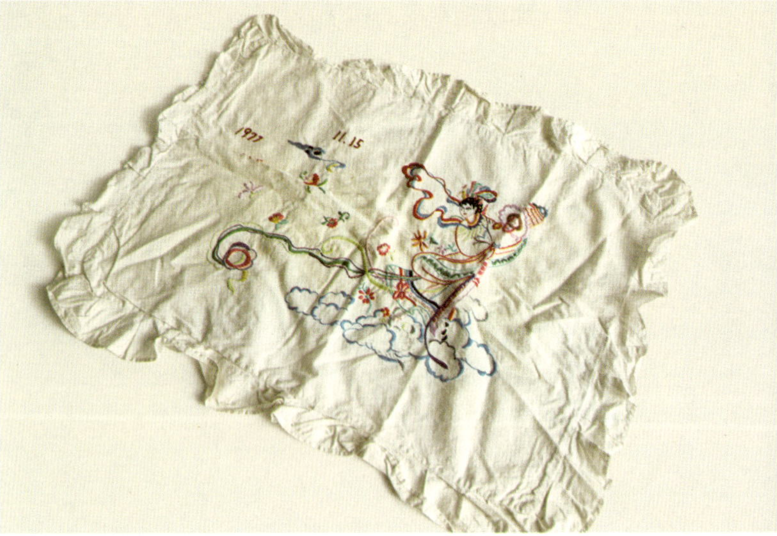
1977
11.15

老了

更惜物了

心里起了邪念都不马上杀死

✿ 钩针沙发垫。家里一直装饰着很多老妈不同时期钩的、绣的物品。
✿ 仙女散花枕套。老妈绣于 1977 年 11 月。一直用着,舍不得扔掉。

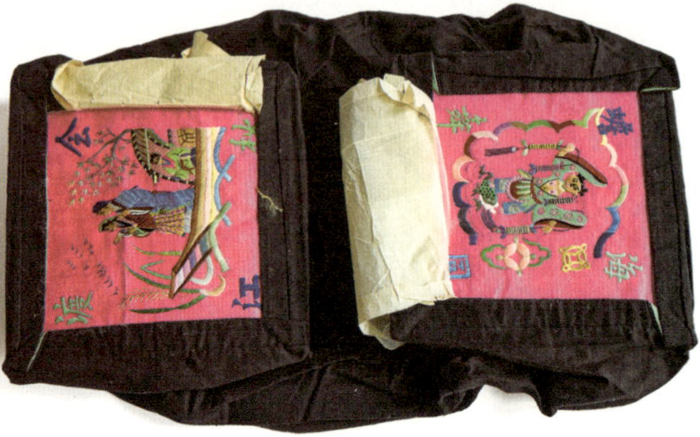

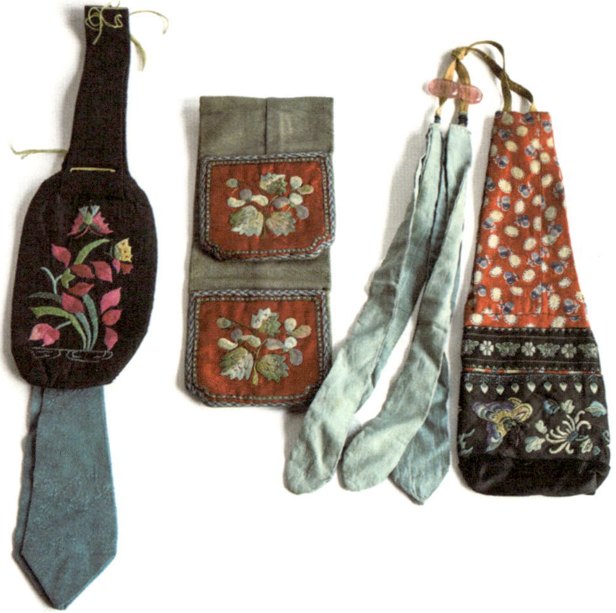

把地球当作游乐场

把今生算作一条命

爱我所爱,兴尽而返

✿ 多组绣片。老妈在少女时期的创作。

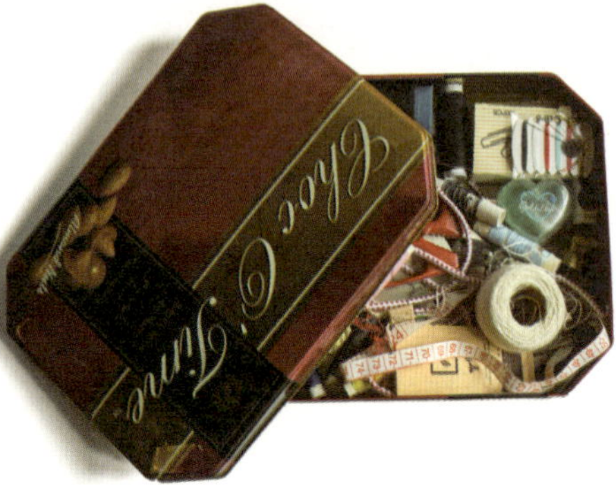

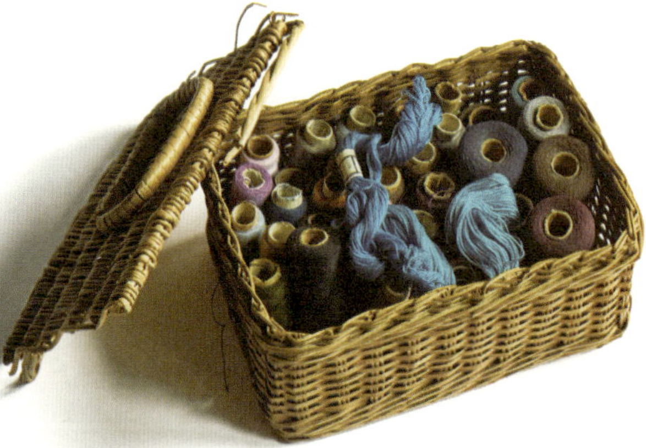

我和我说

别太悲伤

岁月很短

思念很长

🌸 巧克力铁皮盒是老妈的"工具箱",里面装满了线、皮尺、顶针、剪刀、别针、松紧带等。
🌸 竹编线盒里整齐摆放着常用的棉线。亮蓝色的线一定是用来缝她那些明亮的蒙古袍子的。

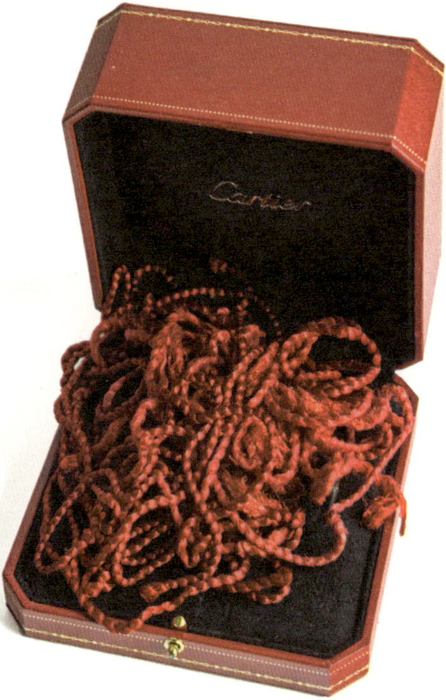
Cartier

生时一根脐带

死后一盒灰

这之间

几句诗,几次醉

✿ 一个精美的奢侈品盒子里,盛放着一堆红绳。姐姐说是顶戴花翎上的红缨。蒙古族人的帽子上通常会装饰红缨,不仅美观,还是一种文化象征,因为红缨代表四射的阳光。

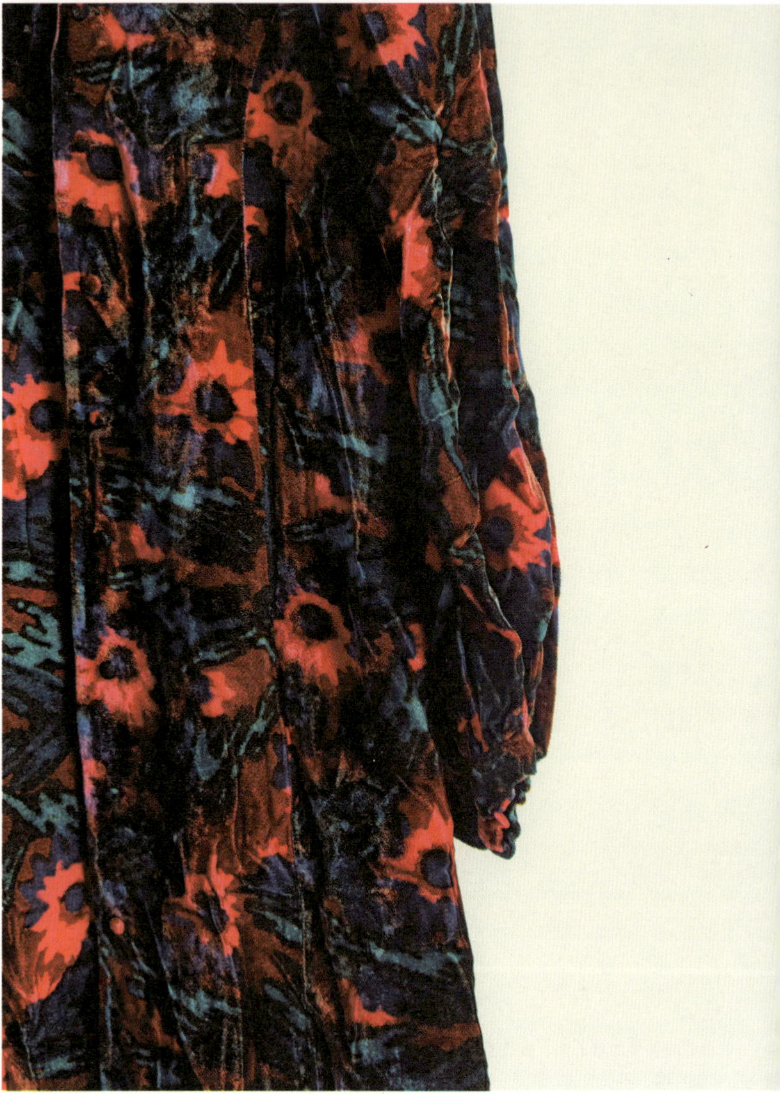

❁ 老妈非常喜欢红色。红头发、红帽子、红袍子，像一团火，热烈燃烧，充满生命能量。

✿ 蓝色缎面蒙古长袍，老妈最爱的一件长袍，襟口、袖口的纹样是自己绣的。

裙子，无数的裙子

首饰，无数的首饰

花盆，无数的花盆

——我看到了您无穷无尽的欲望

——我看到了对美一辈子的渴望

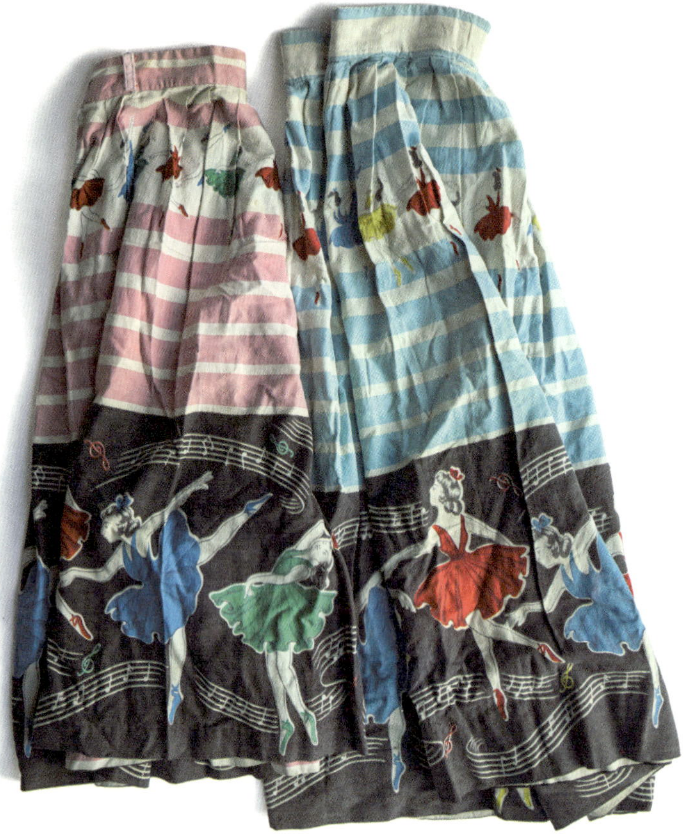

"你们小的时候

我下班回来的时候

你们张着双臂

跑过来抱我

我的累就没了

后来你们大了

不这么做了

世界变了

变坏了"

✿ 自己缝制的"母女装"。老妈给自己和上高中的姐姐一人做了一条半裙。她的是蓝色,姐姐的是粉色。

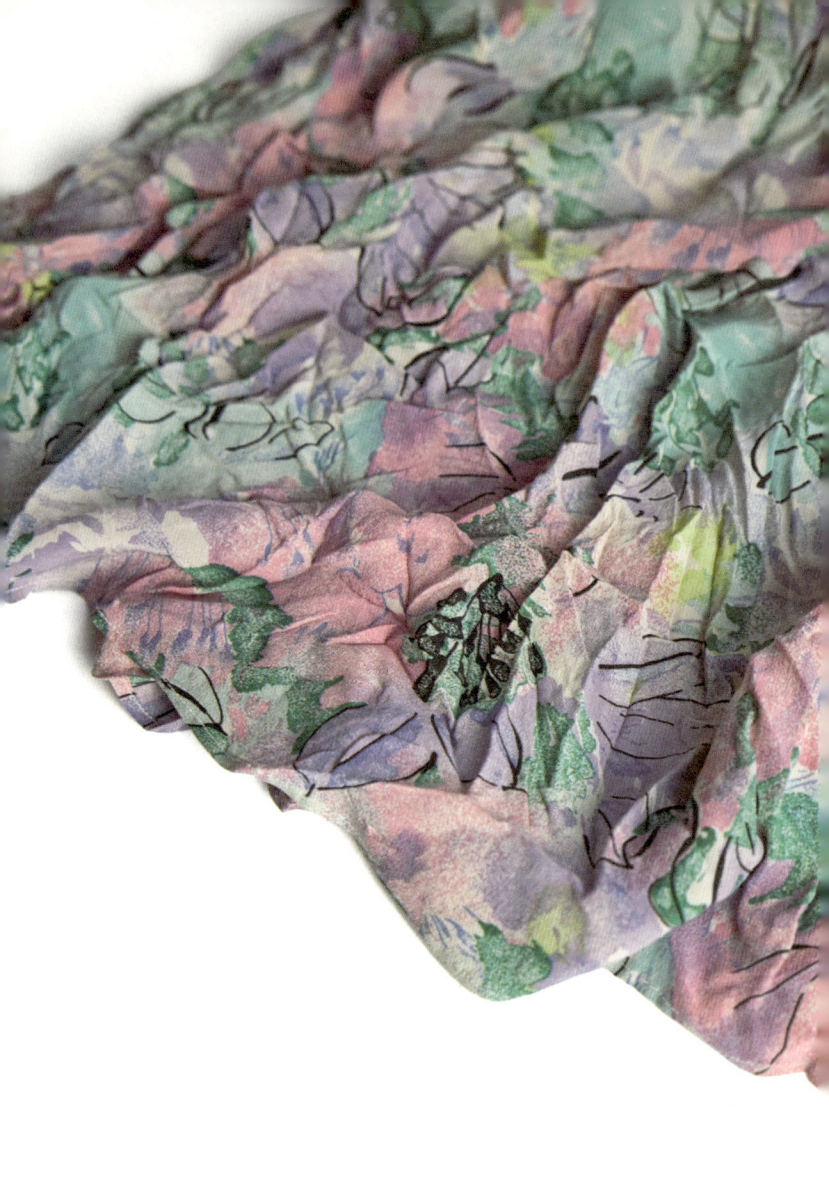

老妈走了

我打开那瓶想等她出院后和她分享的香槟

1937年的香槟还很年轻

✿ 老妈的衣物大多都是明媚的颜色,点缀着各种蝴蝶和花。

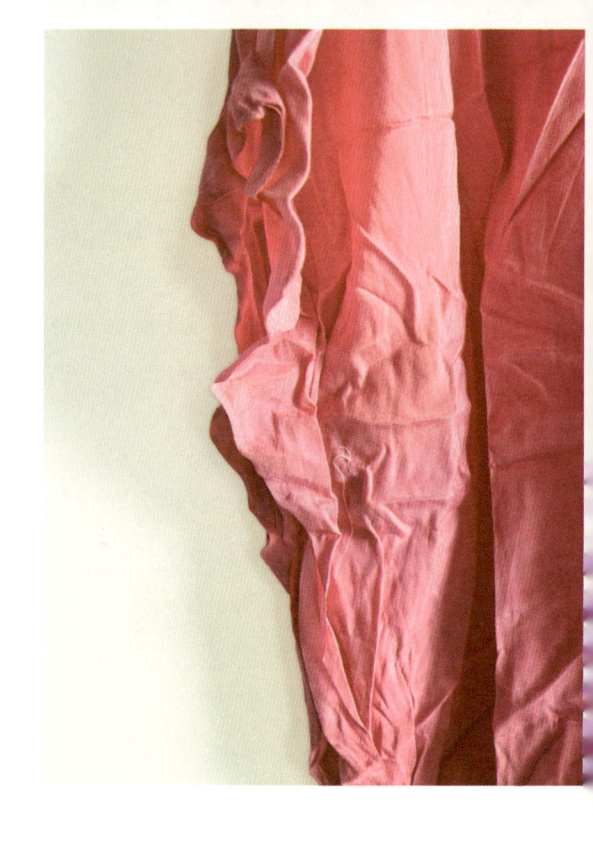

我坚信绝经前的月经和绝经后的骂街

是老妈保持身心健康的秘诀

我也没有月经,我也不骂街

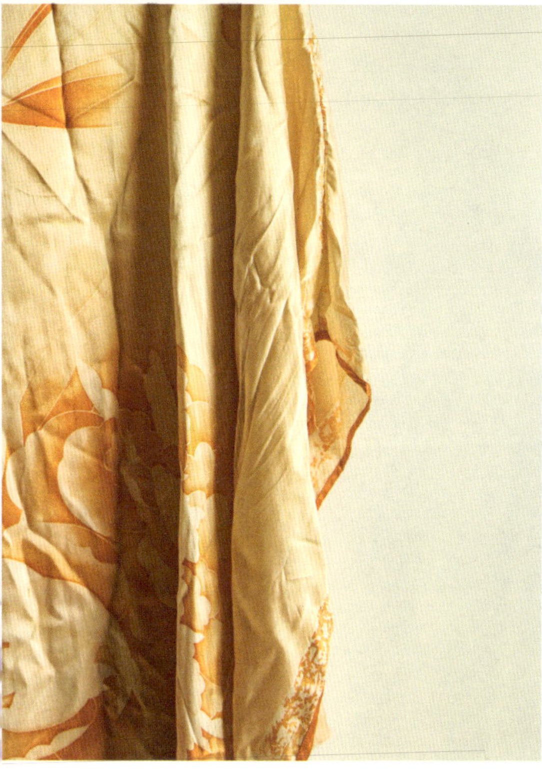

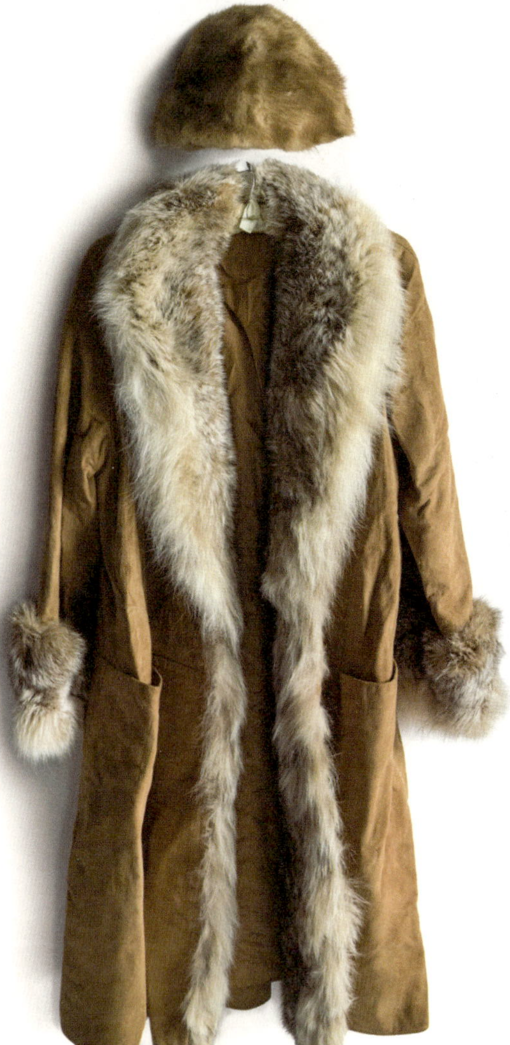

"人不要忘记自己是禽兽

如果我忘记

就不会有你

所以我穿貂

在北京的冬天里"

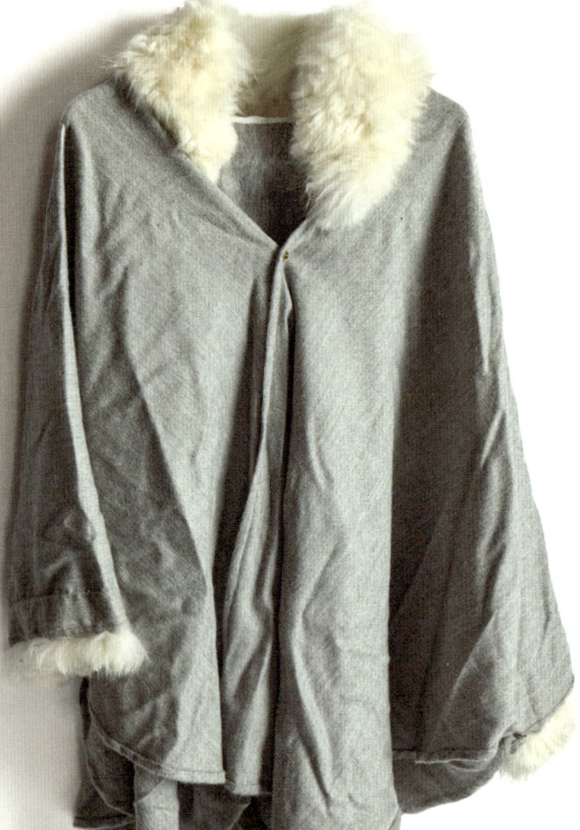

看见青灰色的羊驼毛披肩挂在门后面

人呢?

那个人呢?

披肩里每到冬天就有的那个胖老太太呢?

——您这辈子做的什么事儿性价比最好?
——骂街
——您这辈子做的什么事儿性价比最差?
——生了你们仨

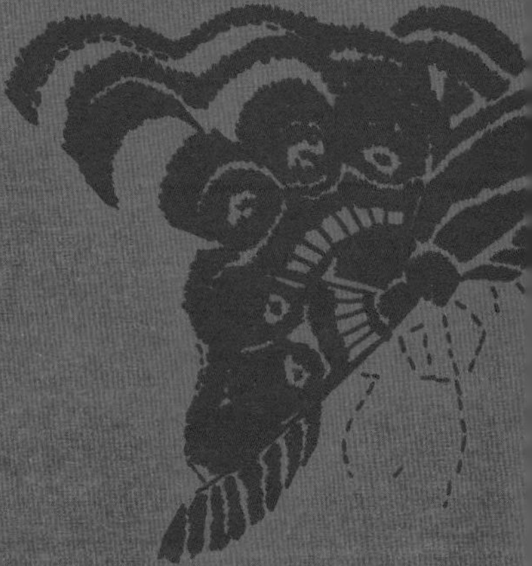

✿ 姐姐买给老妈的项链。
✿ 同样的耳环一共三副，给姥姥陪葬了一副，老妈一副，姐姐一副。

老姐受不了和老妈在一个国家

老哥受不了和老妈在一个城市

我受不了和老妈住在一个小区

现在

不在一个星球了

我们仨黯然神伤

我借您一串念珠
烦恼时
一边盘
一边念
一切都是浮云

盘了没到一圈,老妈停了

我又被你这个小兔崽子骗了
咒语我不念了
念珠我留下了

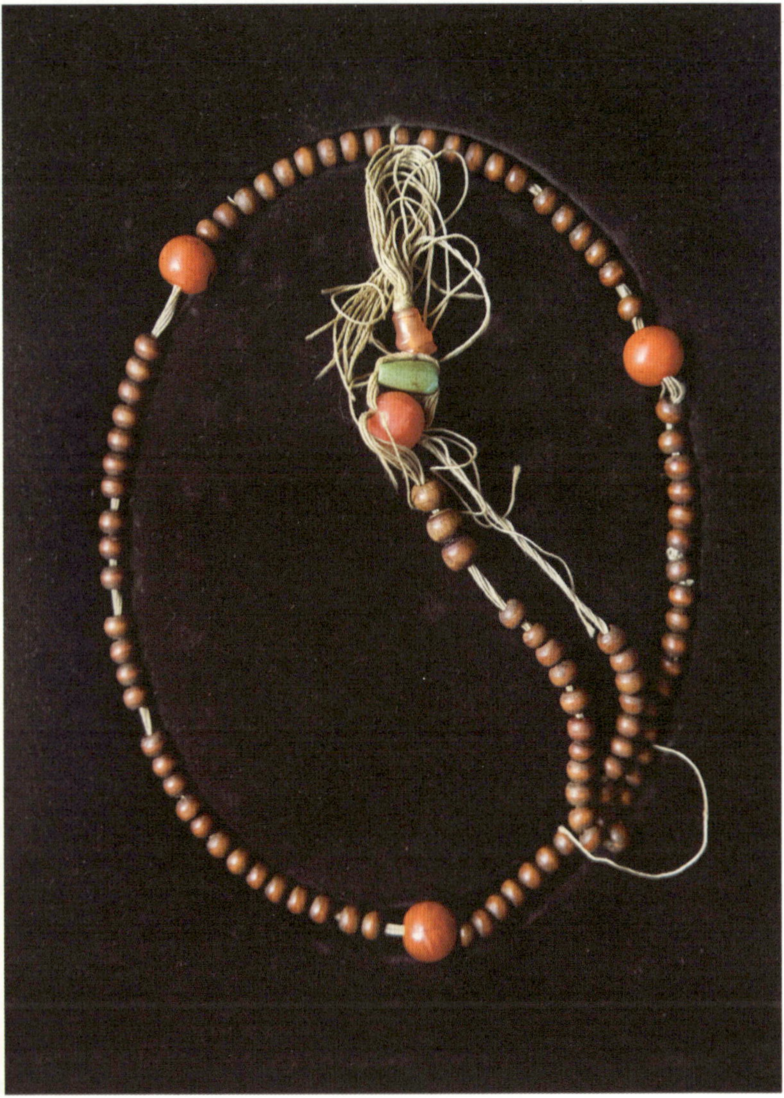

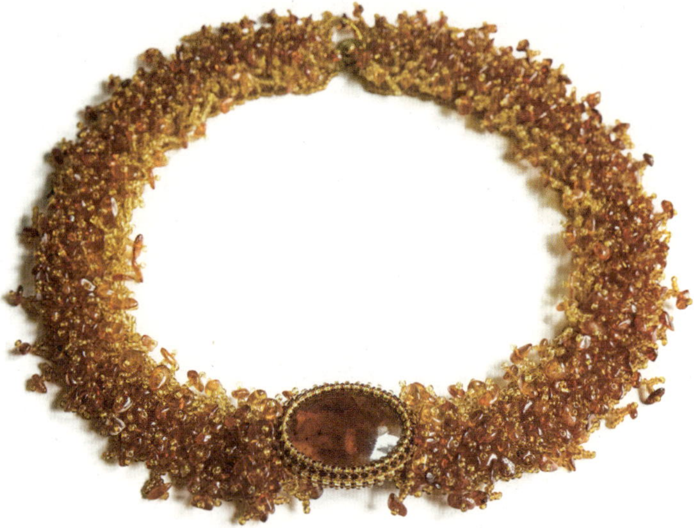

老妈的珠宝颜色浓艳
假的居多

——我即使戴了假的
别人也认为是戴了真的
你妈我做人
一直有这种气势

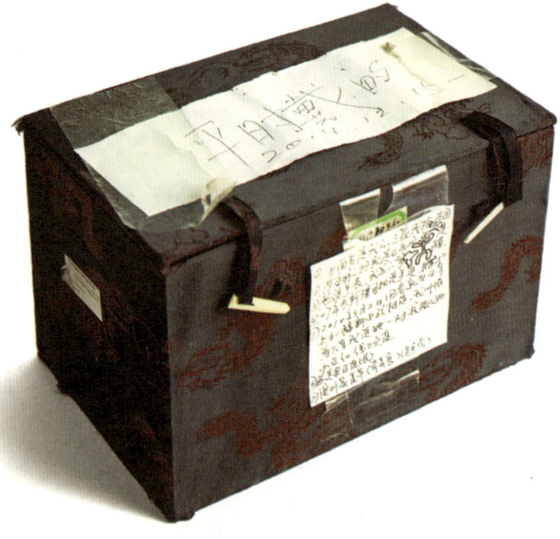

您每天扔一件东西

二十年后

您一百岁

就会成为一个修行极好的人

"你先每天扔掉一个烦恼

先扔一年

给我看看"

✿ 老妈摆在床头的首饰盒。盒子上贴着"提示":平时戴的。下面纸条上详细记录着里面有些什么饰品,怎么来的,当时发生过什么故事。

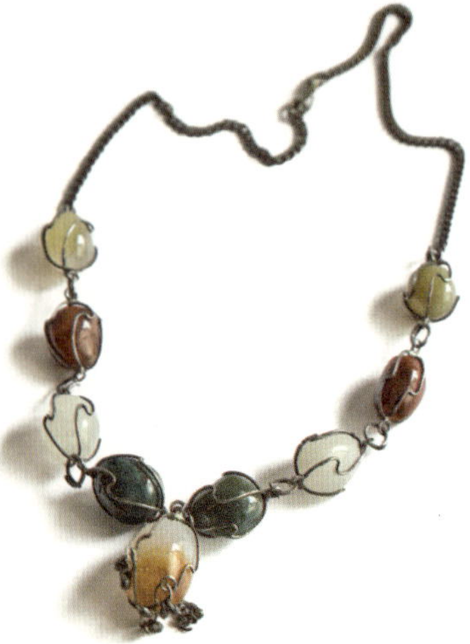
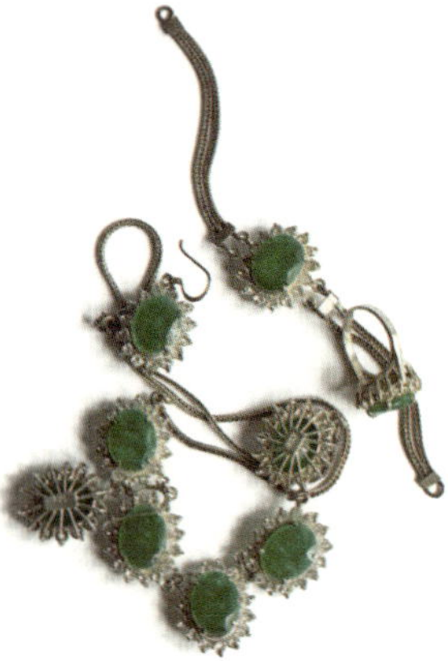
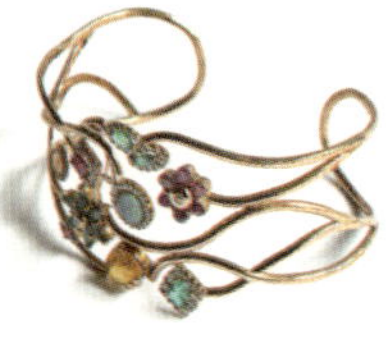
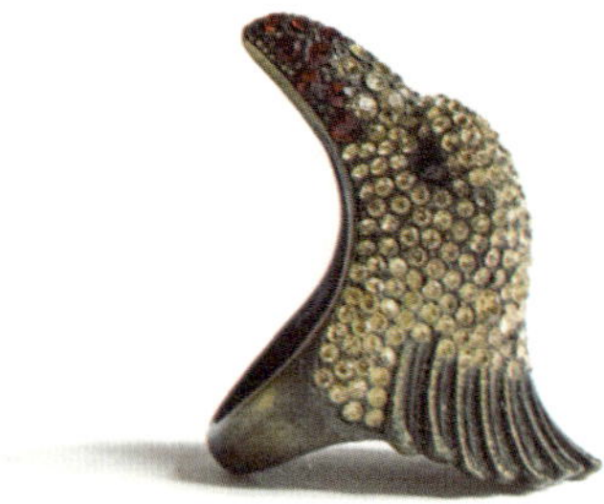

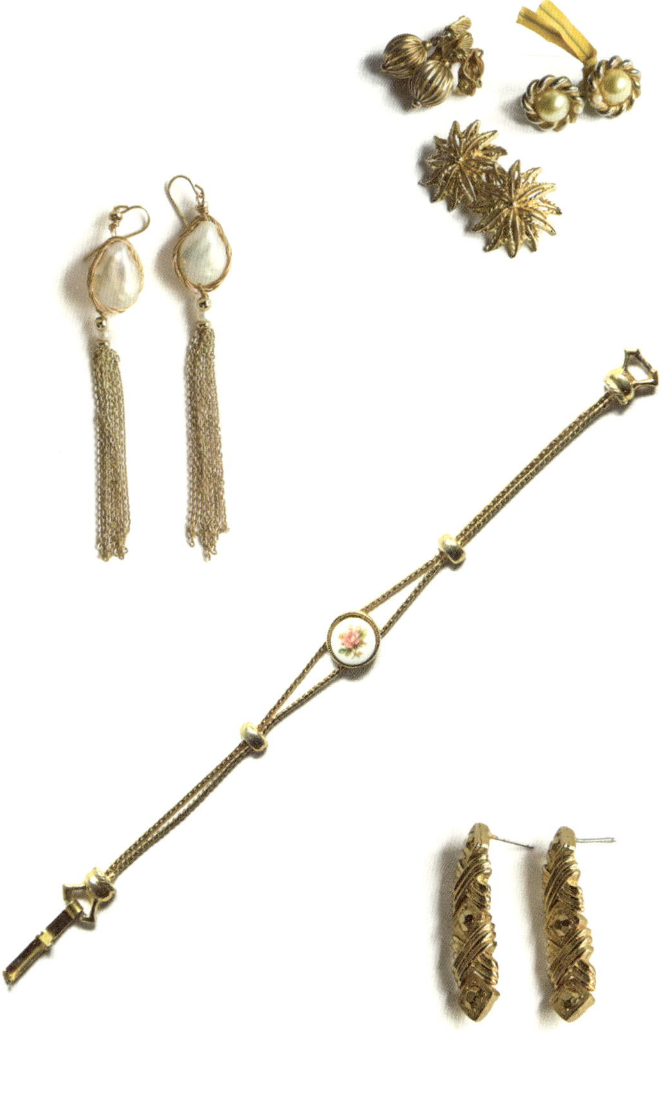

"下楼倒个垃圾

我也要撸个妆

披个貂

以防万一

被暗恋我的老头儿看到"

这涉及佛法之奥

老妈一瞬间能从垃圾桶里看出
隔壁王叔叔和余阿姨的经济状况、身心健康、高潮
是否到位
我在麦肯锡升了合伙人后,才望其项背

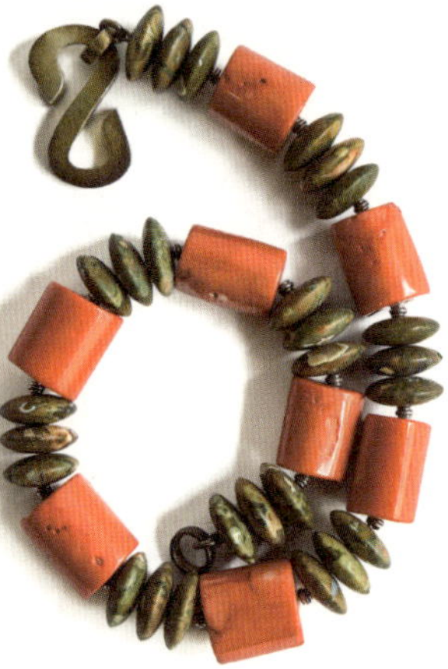

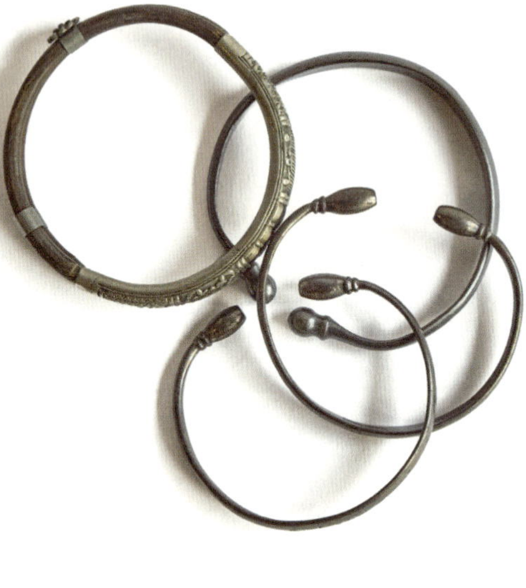

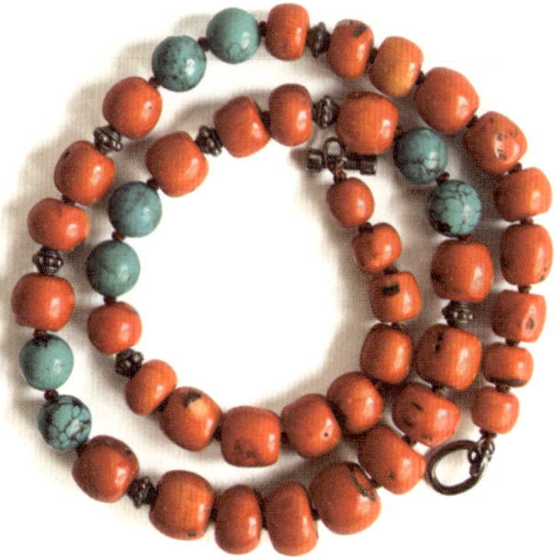

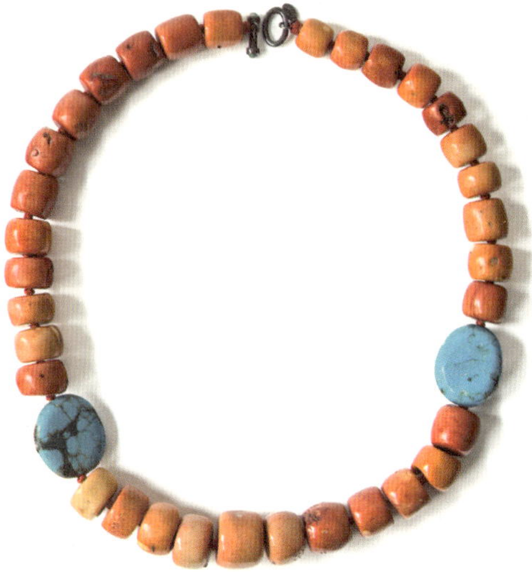

小时候逃离老妈的方式有
藏在床下
爬到树上
放学不回家
住校
读她不懂的书
和女生去天坛捉迷藏……

现在，我已长大，已中年
满世界飞
老妈弥满天地，笼罩四野

天苍苍
野茫茫
一个二货男的在天地之间假装忙

把酒喝完

把您想完

然后假装出去尽兴玩儿

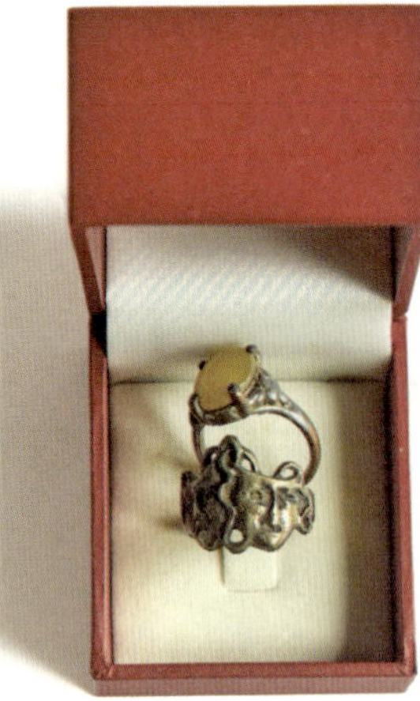

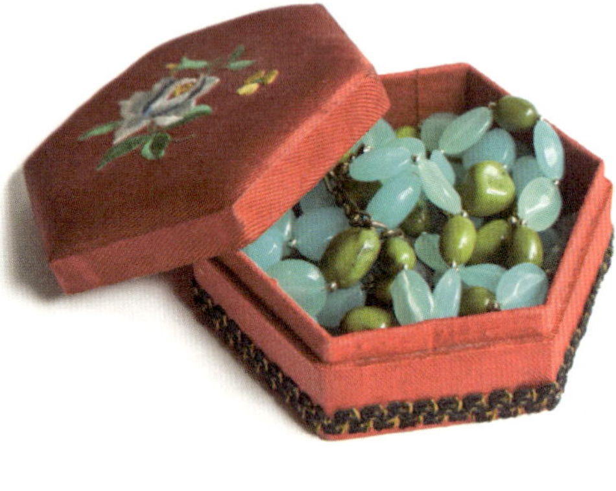

老妈说有急事,面谈
我从机场快速赶过去

急事就是
和我炫富
和我吹牛
然后让我
当面点赞

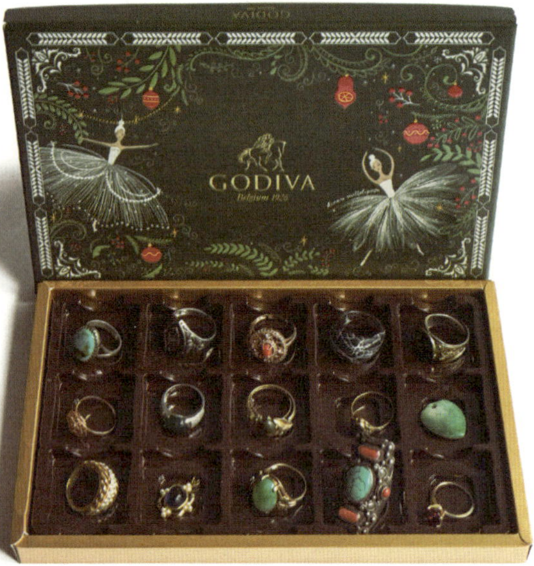
GODIVA
Belgium 1926

我姐和表妹和静静,三个女生,整理老妈遗物
先是悲伤,满屋子的东西里都是老妈的云雾
然后劳累
然后欣喜

——这个耳坠好看,归我
——这个手镯好看,归我
——这个戒指好看,归我

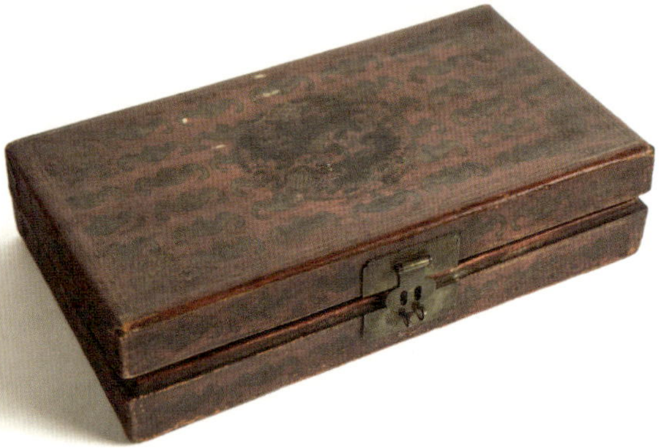

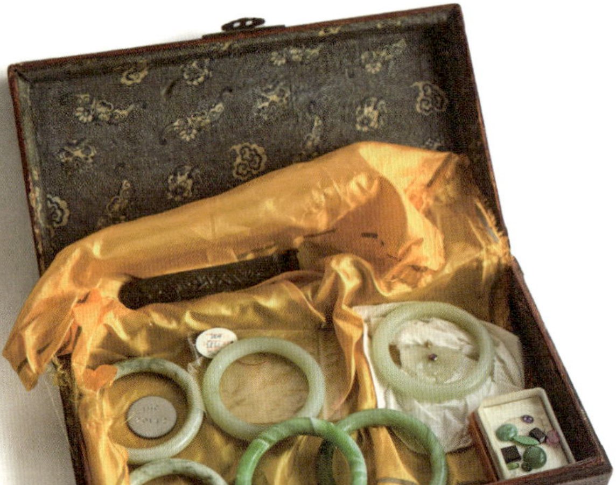

您欲望满身

离佛千万里

"我喝酒

骂街

不骗人

不欺负人

我离佛特别近"

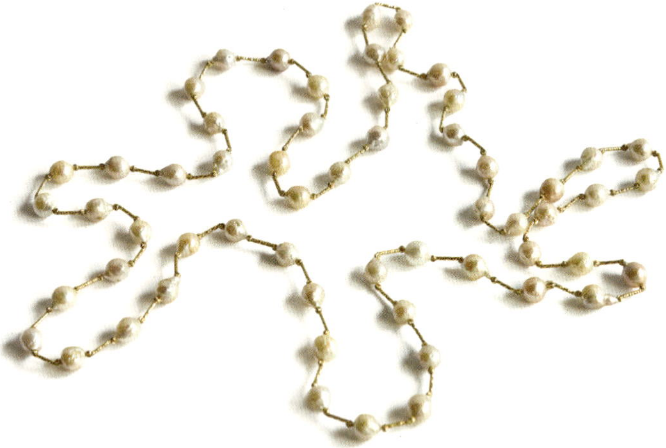

看雨

想您

在纽约看雨

在东京看雨

在香港看雨

在伦敦看雨

我飞到哪儿

雨落到哪儿

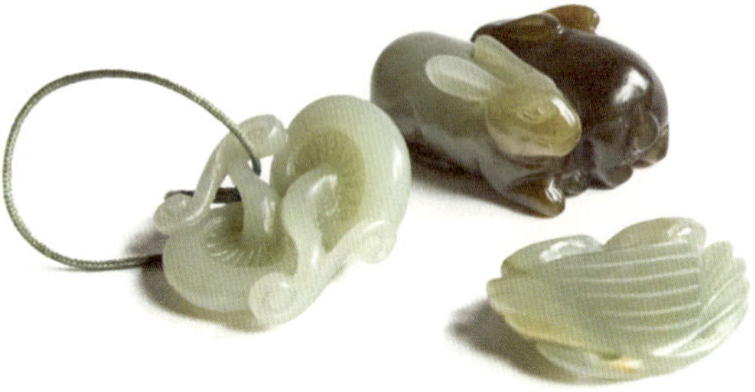

龟走不出壳

人走不出过去

我走不出您

❀ 玉蘑菇,玉螃蟹,玉兔子。我经常会送给老妈一些小物件,哄她开心。

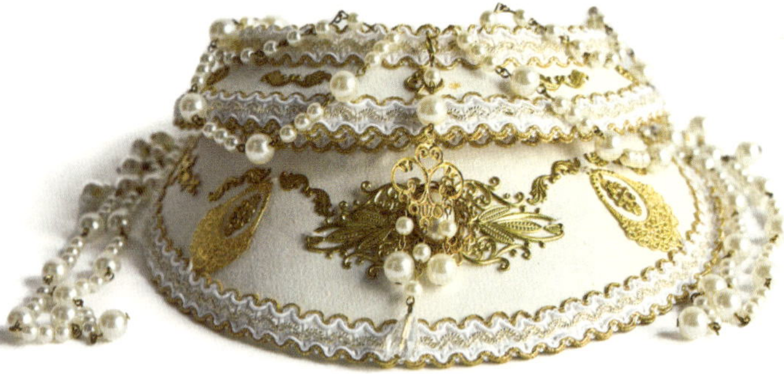

老妈是百分百的蒙古族
但是

不会唱歌
不会跳舞
不会摔跤
不会骑马

——我会喝酒
我会咒骂

✿ 珍珠发箍，还很新。

母親：旭日其い
格。色，
用皮品，如瀉呈

"你姥姥抽烟、喝酒

我不抽烟,喝酒

你姐姐不抽烟,不喝酒

一代不如一代

一窝不如一窝"

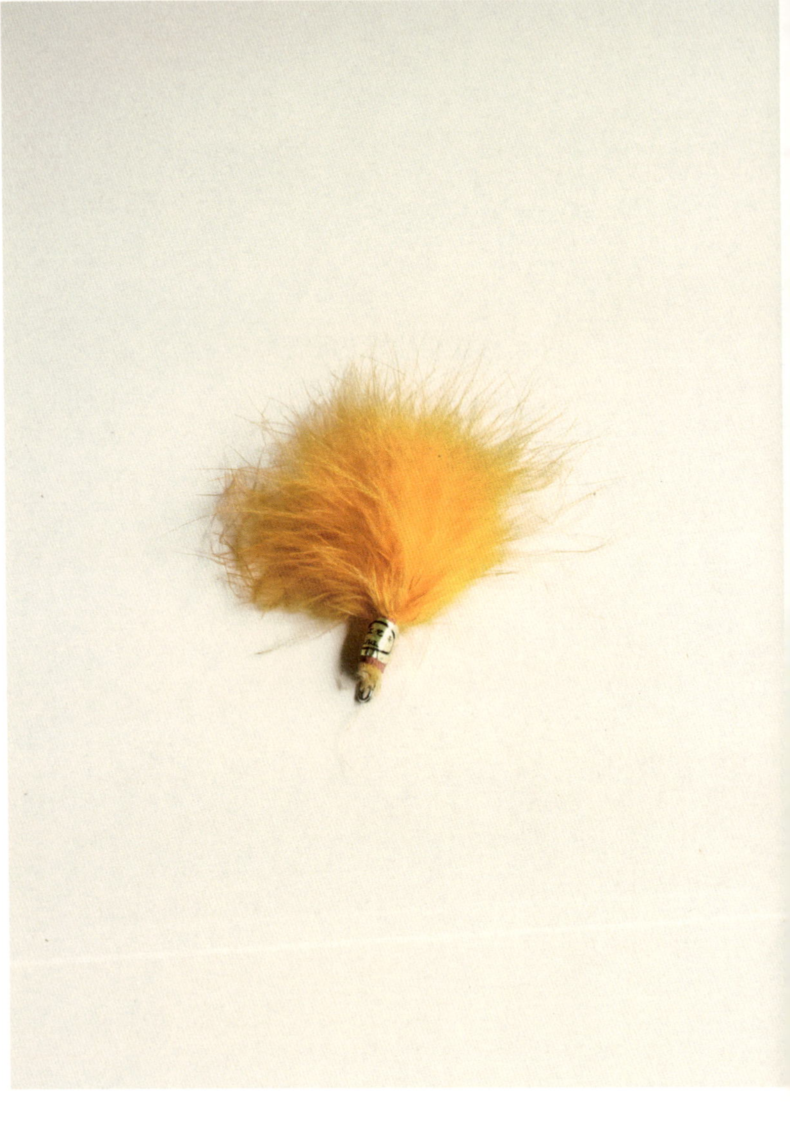

❀ 一簇橙色的羽毛，被老妈做成了胸针，像一抹温柔的阳光照在身上。
❀ 蝴蝶胸针。雪花串珠胸针。羽毛胸针。中古心形胸针。彩色宝石胸针。中古胸针。

儿时没吃够杨花包子

如今，北京满天杨花

您走之后

有时候我在梦里会笑出声来

梦里您还是顶级地逗

我好开心

你没杀过人,
你读得懂二十四史?
你没去过英国,
你读得懂莎士比亚?
你染上我吹牛的毛病了吧?

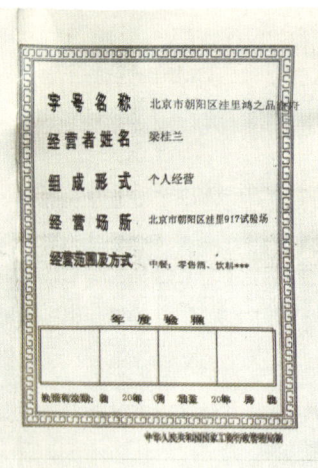

❀ 老妈 60 岁时，开了个饭馆儿。

"我所在的屋檐下
各类事都由我定
否则屋檐不高兴"

❁ 老妈 1962 年到 1983 年在齿轮厂工作,这期间,她生下了她的三个孩子。

老妈长寿的秘诀是骂街
一样的主题骂给五组人听
她开心了,五组人抑郁了

我妈骂过所有的街

学科結业証书

学员 梁桂兰 于一九六9年一月在本校 初中 班

修完 几何 课程成绩及格准予结业此证

北京齿轮厂业校

一九六9年一月╴日

我细想老妈没做出大成就的最大原因

太爱牛逼了

环顾四周

四周没一个比她强的人

✿ 老妈在齿轮厂工作期间,一直追求进步。图为1964年业校几何课程结业证书。

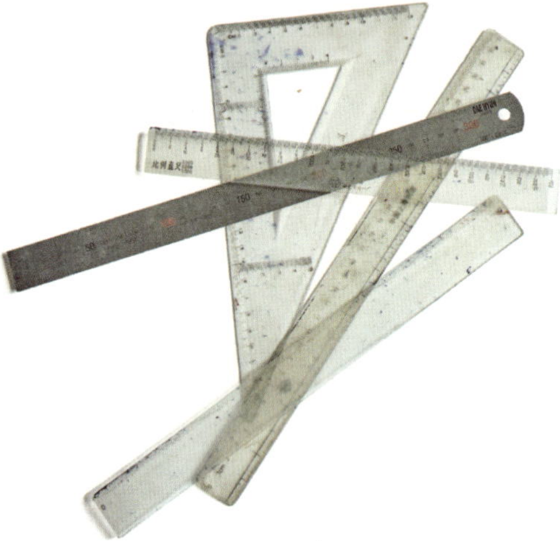

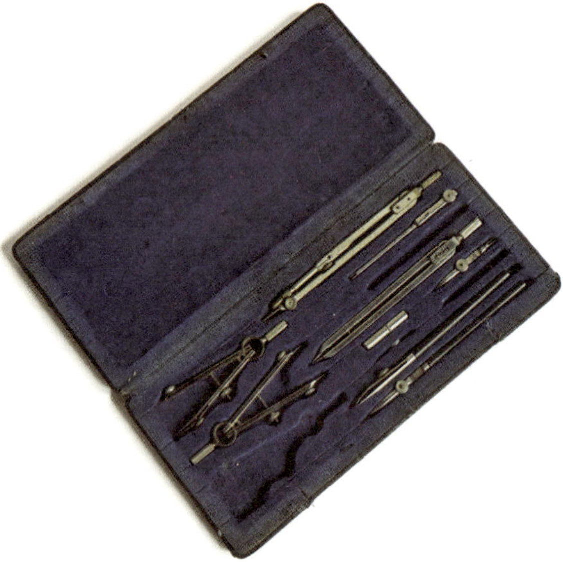

我大学前没穿过新衣服，穿我哥的
我哥大学前没用过新书包，用我爸的

老妈去美国
带了我十岁时的画夹子给她外孙子

✿ 圆规工具盒是齿轮厂发的工具，也是我们仨的学习工具。直尺和三角板是我上学时用过的。

✿ 老爸老妈 1960 年结婚的证书。相伴一生，共度六十载。

"很难说我多爱你爸

我完全是因为男色

嫁给他

我只爱吃他做的饭

爱听他结巴着说话"

老爸走后，我问老妈：最难过的是什么

"他留下了够我吃半年的吃食

每吃一口

他就问我

要不要给我

热热

再吃"

老妈有双破草鞋

从北京带到旧金山

从旧金山带回北京

——我穿着它

踮起脚

亲过你爸

我不扔

老妈五十九岁时
勒令老爸给她从后面拍了张半裸照
头发很黑,很浓
肉身嘹亮

一生很短

几个习惯

几个瞬间

几张脸

老爸的脸

如水澄静

老妈的脸

春花灿烂

一碗明月一壶酒
对此残雪与断桥

老妈说——
　吟什么吟
　诗什么诗
　信不信我喝死你

分动器中間軸齿輪
GEAR CLUSTER, IDLE SHAFT,
TRANSFER CASE
2005.4.1 找到
毛主席纪念章
约百枚.

我爱老妈随便我买书

我爱老妈告诉我全输了还有她

我爱老妈像太阳

🌸 老妈收集了大大小小上百枚毛主席纪念章,都整整齐齐码好装起来,打上标记:"2005.4.5 找到毛主席纪念章约百枚"。

通海 特产
豆末糖
DOUMOTANG
通海特产
TONGHAI TECHAN

1976
100
北京市地方粮票
壹佰克
0.5
中华人民共和国粮食部
半市斤
1965
中华人民共和国粮食部
全国通用粮票
伍市斤
1966
5

第一次轻断食，在伊豆

毫不费力

我很诧异

老哥说——

小时候家里太穷

你读书废寝忘食

为了节省粮食

老妈也没阻止

用糕点盒装的粮票。

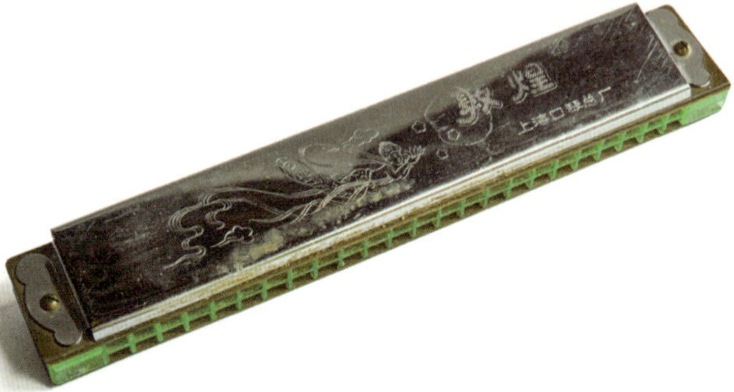
敦煌
上海口琴总厂

我羡慕老爸

炖肉的时候炖肉

喝茶的时候喝茶

睡觉的时候睡觉

从来不想明天的事

只惦记老妈

✿ 口琴是老爸唯一会的乐器,老妈一直保留着。

上学费用

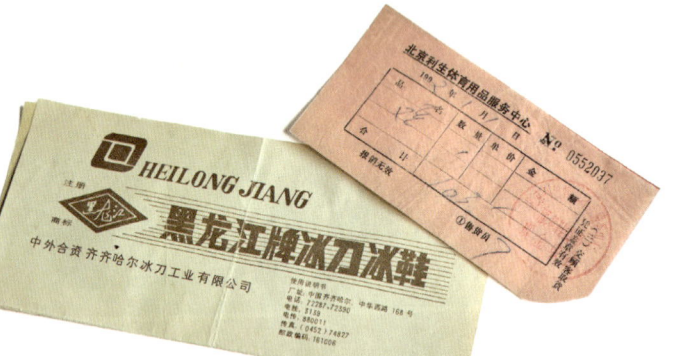

HEILONG JIANG
黑龙江牌冰刀冰鞋
中外合资齐齐哈尔冰刀工业有限公司

北京利生体育用品服务中心
No 0552037

"我这辈子最大的成功是
家里再穷再苦再没权势
我从没让你们三个孩子
会觉着穷、苦、没权势"

- 多年来我们仨的每一笔上学费用记录。
- 1992年老妈花了103元给我买冰刀冰鞋的收据。

新加坡日币
缅币
赌场币 USA

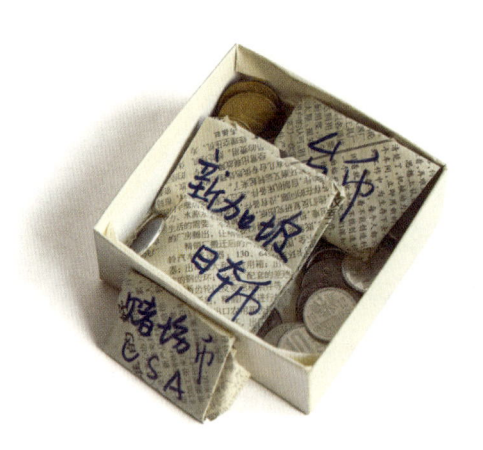

在莫斯科坚离铁时捡的.
2016.6.29日
去圣彼得堡

贼不走空

您每次出门

带回来的东西

都比出去的时候多

您能讲出一个您给予的故事吗?

老妈不打磕巴——

我给了你生命

❀ 老妈热爱旅游,欧洲十四国游、南美深度游等全去了一遍。每去一个地方,都会把剩下的硬币带回来,用报纸包上标记好。

TWIN
180W
8-BAND RADIO
GRAPHIC EQUALIZER
CONTINUOUS PLAY
MADE IN JAPAN
8BAND

老哥是老妈第一个儿子

老妈在的时候,老哥和她饭后必须吃止痛片

老妈走了以后

每月二十七日

老哥一个人打鼓

❀ 老妈一直保留着老哥的夏普双卡带录音机,型号 GF-777,产于 20 世纪 80 年代。

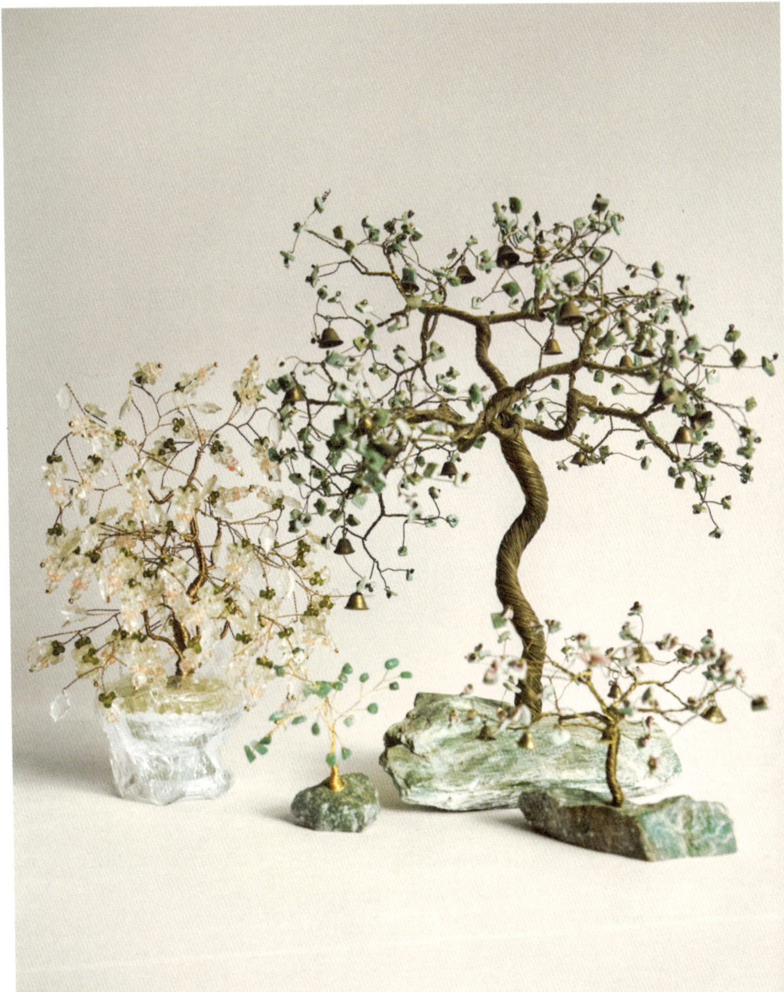

人生最后十年

老妈最常和我说的话——

你保重自己

过得去

过去

过不去也得

过去

一年四季

❁ 四棵大小不一的水晶树。老妈购于美国的旧货集市，一路背回了中国。

老妈和我说的最后一句话是：走吧，别太累了

余生皆假期

真老了的感觉不是：阳痿、绝经、目光变得慈祥

真老了的感觉不是：退休、绝望、写完所有文章

真老了的感觉是：父母双亡

——您岁数这么大了,
少管点闲事,
小心心脑血管意外
——你高中早毕业了,
怎么还关心国家大事呢?

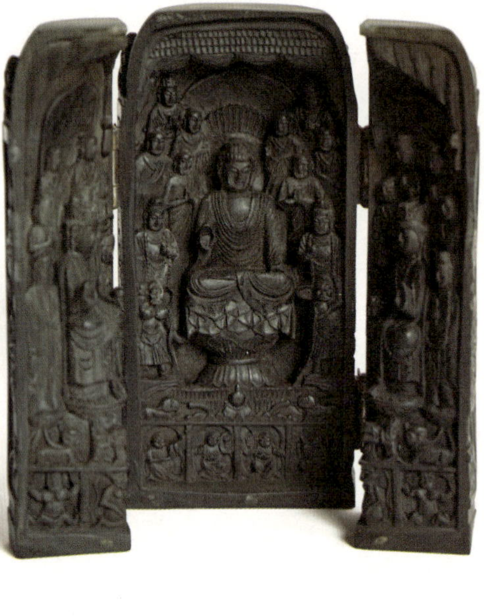

烧纸得烟云

烧佛得舍利

如果烧关于您的记忆，得什么呢?

✿ 老妈总说自己是萨满。但这个佛龛不是用来做法事的，是在某个景区买的旅游纪念品。

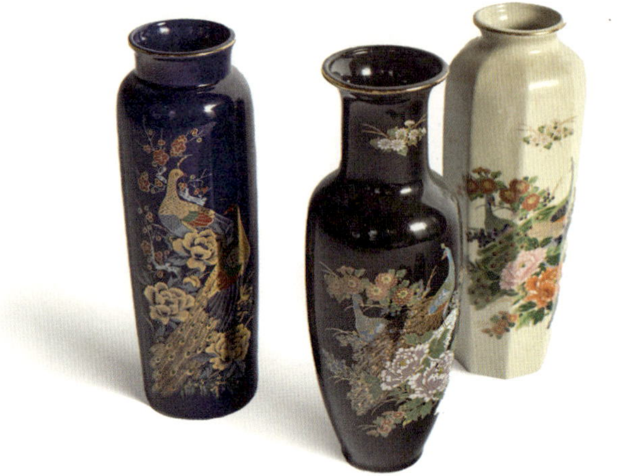

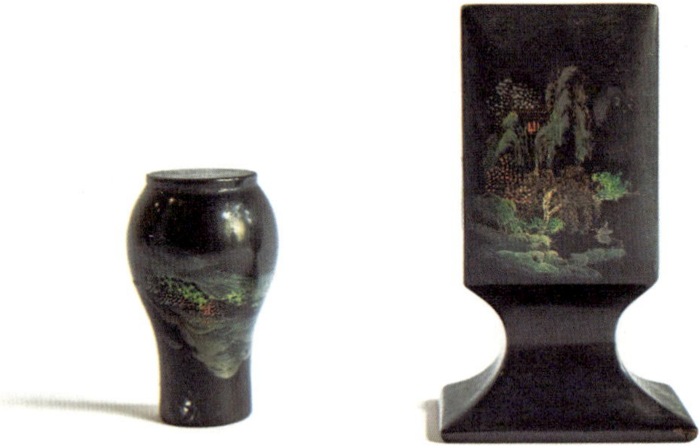

老妈的住处堆满了古旧器物
少量晚清、民国的
大量当代的

——那是我一个人的博物馆
让我老年不痴呆

✿ 老妈爱花,家里有好多五颜六色的花瓶。
✿ 漆器工艺品。一个用来装火柴,一个用来装牙签。

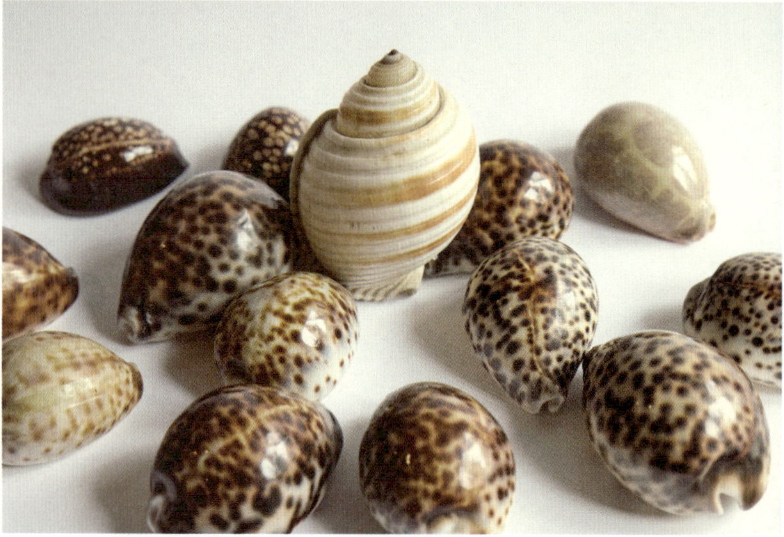

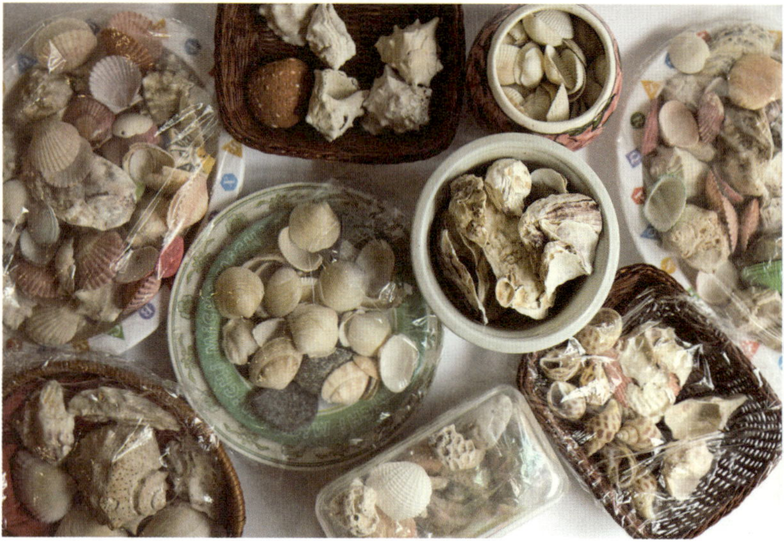

您一定欠海很多东西

否则我不会

看到海就想喝酒

夜的海，无涯无际

我的酒，一个人饮

鲸的声，嘹亮天空

老妈很喜欢贝壳，大大小小攒满了柜子里两格的空间。有些是她满世界的海边溜达捡回来的，有些是她在家吃完后洗洗留下的。

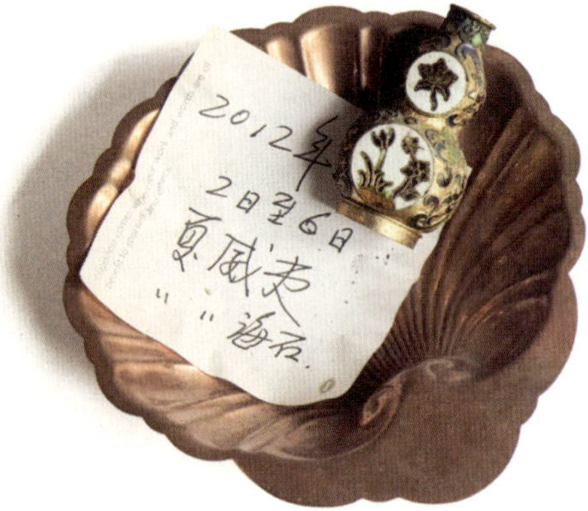
2012年
2日至6日
夏威夷
“ ”海石.

船小如子宫

屋小如子宫

床小如子宫

2012 年，老妈在夏威夷买到了她最喜欢的贝壳盘。

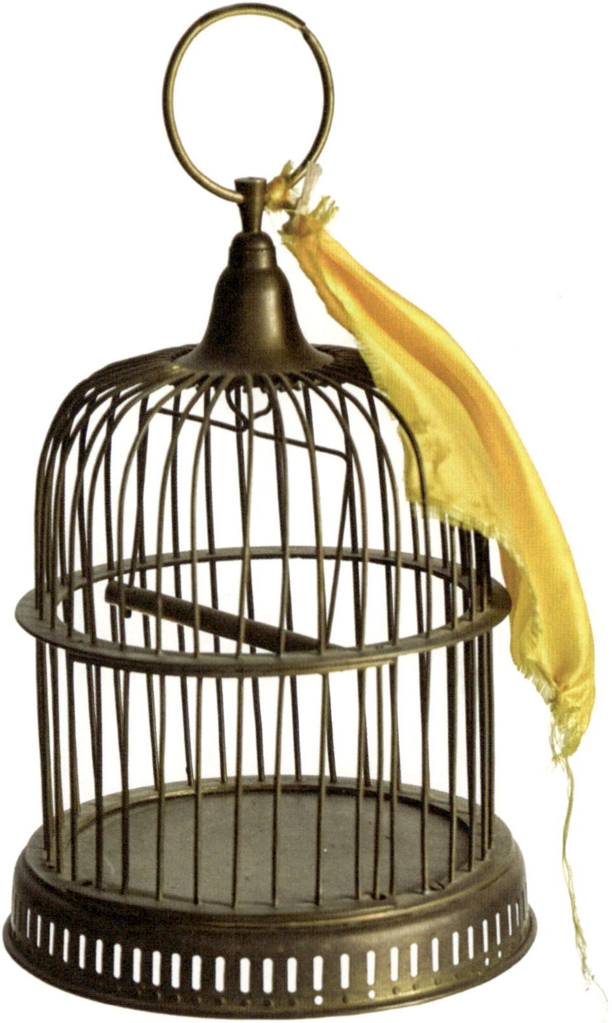

葬礼上飞过一群鸟

您说过,可怜的鸟有两种
一种是傻鸟
一种是没妈的鸟

老妈不养鸟,老爸也不养。这个鸟笼是老妈从美国的旧货市场淘回来的。

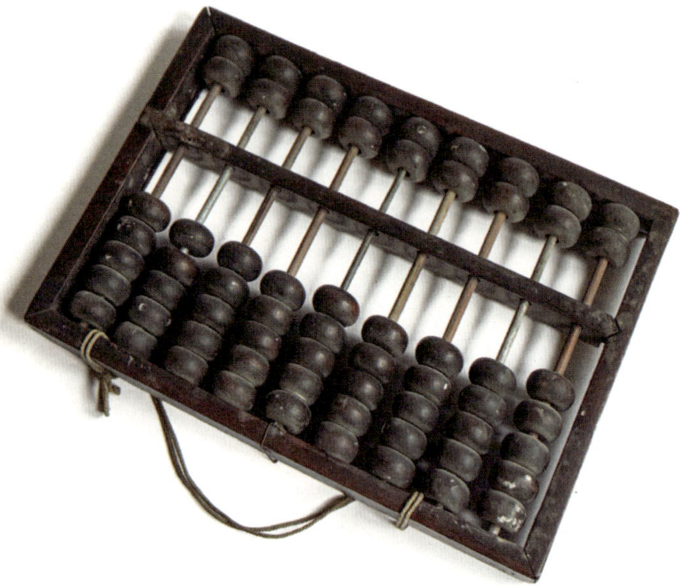

老爸爱茶，老妈爱酒

老爸爱武侠，老妈爱花

老爸爱小赌，老妈爱吹牛

老妈当会计时用过的算盘，保留至今。老妈曾表示很享受算盘噼里啪啦的声音带来的快感。

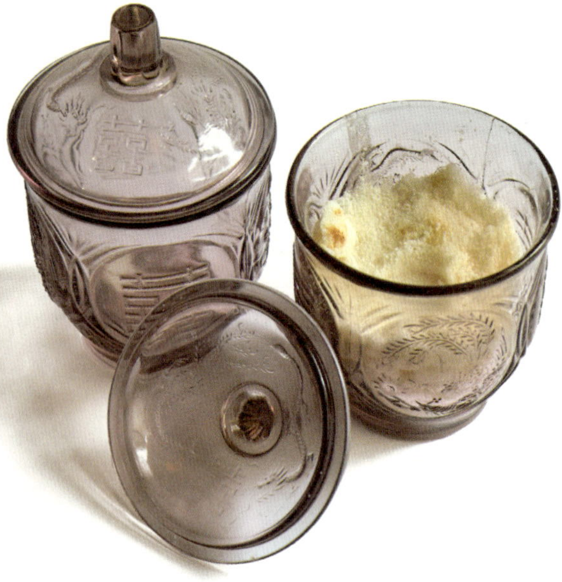

老爸的酱爆三丁、炸藕盒、清蒸鱼

老妈的骂天、骂地、骂空气

只剩那张饭桌

没了骂街

没了锅气

老妈结婚时的玻璃糖罐。糖已经凝结成块。

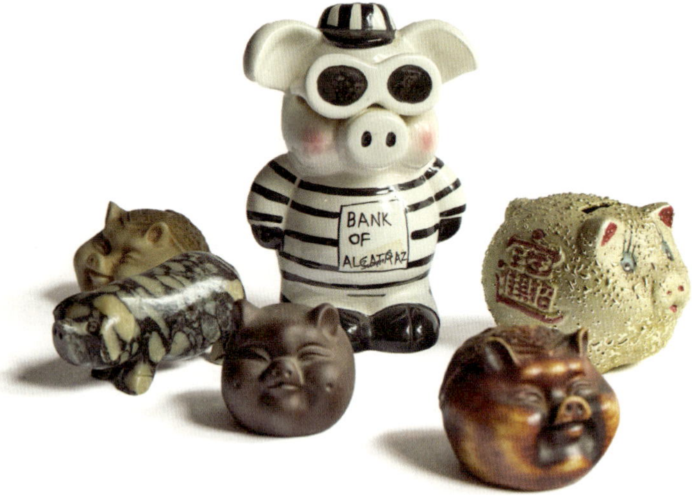
BANK
OF
ALCATRAZ

"我临死前传你一种独门绝技

在心里骂人,他们能听见但是没证据

他们只能干生气,活活被气死"

家里有各式各样的猪摆件,大多不值钱,但老妈把它们放在了架子上最显眼的位置。因为我属猪。

我儿子没有他书里写的那么坏
坏都在书里犯完啦
生活里还能有多坏

❀ 我1岁时候的毛衣，看上面绣的1972的字样，应该是老妈亲手织的。

您如果只能有一个神通
您想要什么神通?

"时间倒流
你回到襁褓之中
任我摆布
好爽喔"

翠田游击队用
过的粉盒,
从印尼带来

每每劝老妈：扔吧，留着这些东西干吗？

我年轻时，老妈说：扔？我怎么不先把你扔了呢？

我中年时，老妈说：小子，你是我的遗嘱执行人。到时候你就会明白，我舍不得扔东西的纠结。

我老年时，谁会劝我：扔吧，留着这些东西干吗？

我小时候用的手绢和爽身粉。

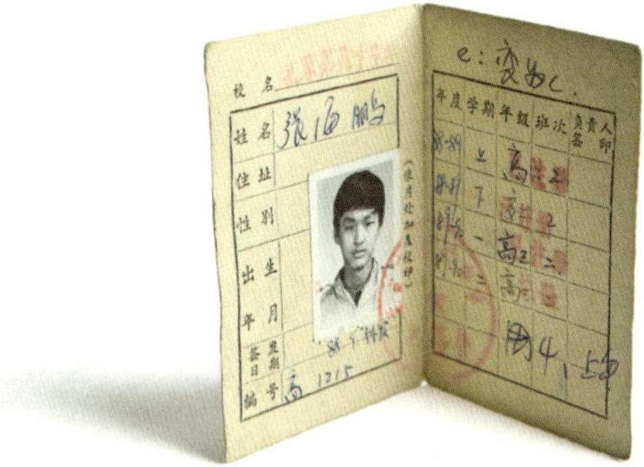
校名
姓名
住址
性别
出生年月
编号
年度 学期 年级 班次 负责人签印

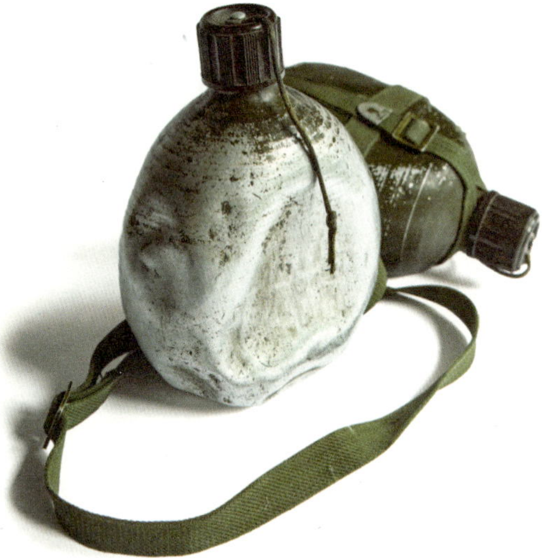

——傻儿子,院子里的昙花开了九朵,见过吗?

——很快就败了吧?诸事无常

——我见过你没见过,我比你牛!

我的高中学生证和大学军训时用的水壶。以前每次考试完,老师都会召开家长会,当众公布学生成绩,从第一名开始一直念到最后一名。老妈说,她人生最大的满足,没有之一,就是每次听老师第一个念完我的名字和分数,起身,开教室门,驱动她魁梧的身躯在众目睽睽之下扬长而去。

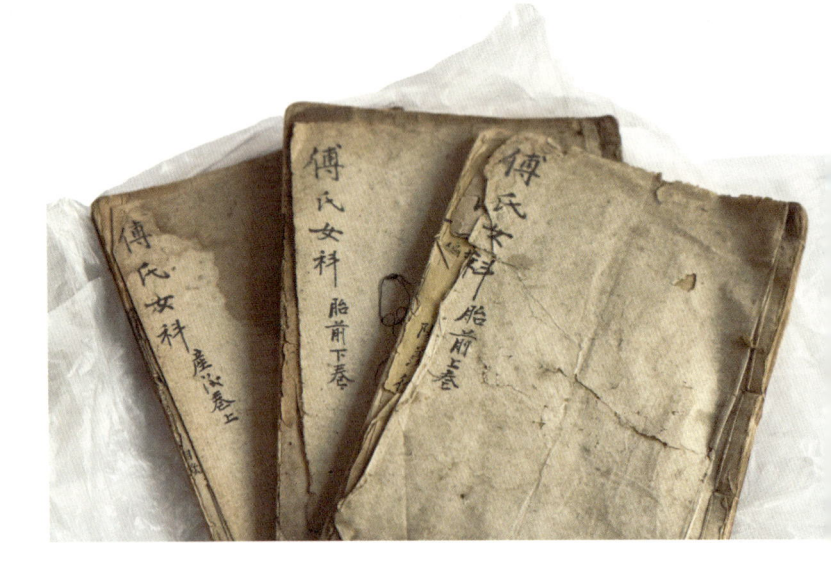

傅氏女科 產後卷上
傅氏女科 胎前下卷
傅氏女科 胎前上卷

《傅氏女科》
《推背图》
《增补麻衣神相全编》
老妈不想让我知道
藏进老旧的樟木箱

是因为我学了协和妇产科、进了麦肯锡、有一阵喜欢聊周易吗?

✿ 有着百年历史的樟木箱。姥姥给了老妈,老妈从老家带到了北京,后来把《傅氏女科》《推背图》《增补麻衣神相全编》等书都放进了这个箱子里。

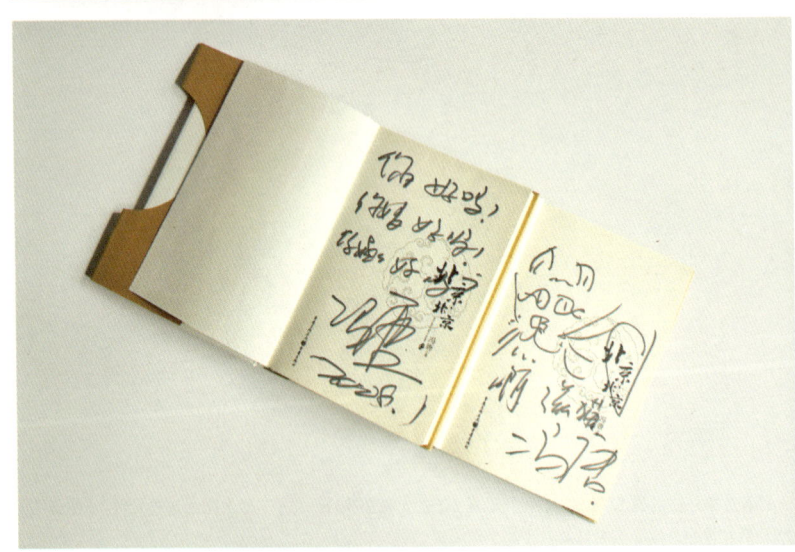

美国南方，亚特兰大，埃默里大学(Emory University)

第175届毕业典礼

邮儿是北庭毕业生

美国东部时间早8:00开始

校长讲话，学生爱到校长二度起势力，你们是2000年首届毕业生，美联参议员讲话

祝贺你们，最后吃讲话，北爱的主答人介绍的：出身行李，知祝你远连，教受教育数本，商学院添讲话，到校长(女)讲话

你好吗！
你好吗！
你好吗！

顺心如意

您为啥从来不读我写的小说?

"你出生,从我的肚脐下
你长大,在我的奶头下

你想忽悠的
我早知道啦"

✿ 我在埃默里大学的毕业典礼手册。老妈在上面记录着现场见闻。
✿ 老妈虽然不看我写的书,但是每一本都让我签名,仔细保留着。

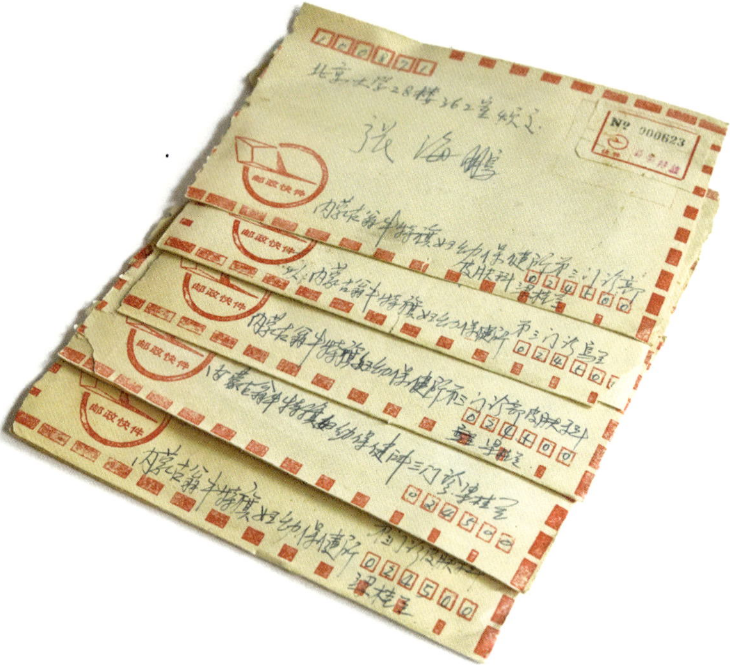
邮政快件
№ 000623

"你念了八年医,我不舒服,你只会说,多喝水、少着急

这次我挂了你导师的门诊号,他也说,多喝水,少着急

医学怎么能进步呢?"

大学时,老妈写给我的信。那时,老妈回了老家一段时间。

我热爱一切柔软而有原则的东西

土地、大胸、辛苦、痛哭、豆腐……以及

老母

每次离开家门,我必须想的四件事:
钥匙、钱包、手机
您

老妈走的那天晚上

爱人说：你哭得像个娃，我害怕

物理上离得远了
心理上难免淡了

我的房子在伦敦,您的坟在北京
为什么这一次不一样了?

作为男的
不能打
要你干吗?

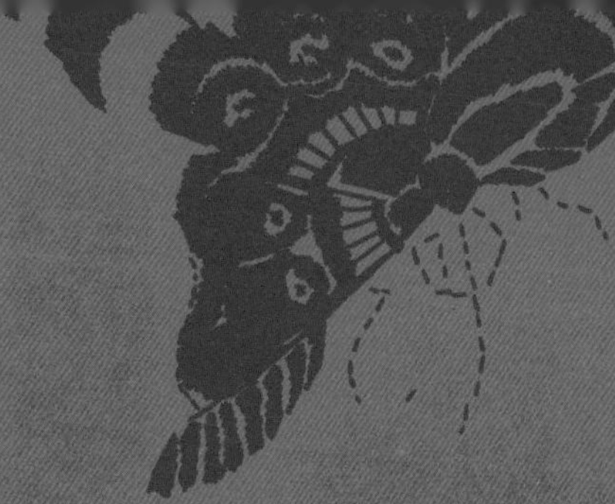

STENO BOOK
BLOQUE ESTENOGRÁFICO
BLOC-STENO

Vert • 15.24 x 22.86 cm • 80 Feuilles/Blot • Réglure Gregg

No. 8021

No. Guilanliang From/De ___ to/à ___

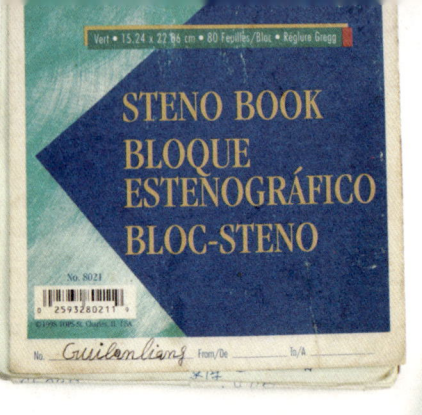

茄子: aubergine 萝卜: radish
芦笋: asparagus, 白菜: cabbage, 鳄梨: avocado
菠菜: spinach 冬南瓜: butternut squash.

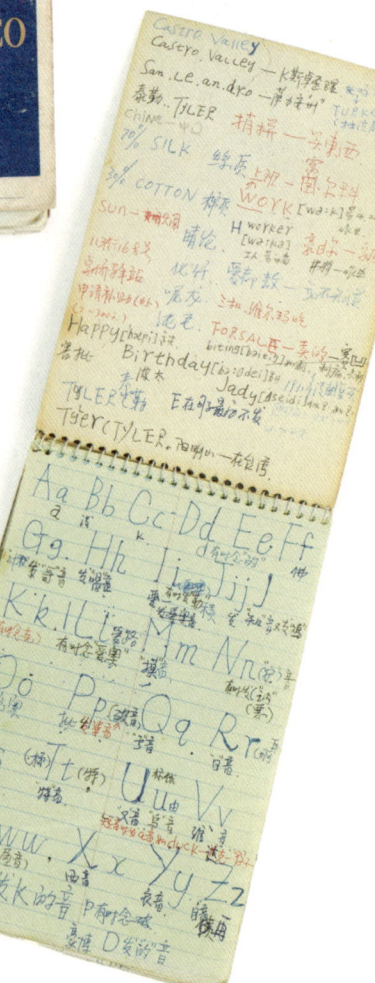

Castro Valley
Castro Valley — 卡斯楚區隆
San Leandro — 消打名 TURKEY — 3
勤勞 TYLER 桷桸 — 安東西
CHINE 中Q 绿反上班 — 富兄弟
70% SILK
30% COTTON 棉布 WOYK [wa:k]
SUN — 新鲜 H WORKY —
      [w3:ki]工人 — 動物
10年结婚証 10年 婴儿款 —
中清新鲜新婚 流丢 姐妹 維持3兄弟
                       虎兄 FORSALE — 卖房
HAPPY Cheri子   出售二手房
           Birthday (bride) 当
君太   度木
              Jady (Asian) 女
TYLER认真   正在为他Q不装
TYercTYLER. 阳物Q一种包含.

Aa Bb Cc Dd Ee Ff
Gg Hh Ii Jj J
Kk Ll Mm Nn
Oo Pp Qq Rr
Ss Tt Uu Vv
Ww Xx Yy Zz

老妈理解一切的方式是把一切粗俗化,学英语也是

Roger,弱智

Lobby,老逼

Made,妈的

✿ 家里有很多老妈学英语的笔记,那几年她和老爸经常往返美国去看姐姐。

2004.10.26 抄

人生可以浓缩三句话：
· 你的责任决定你的方向
· "" "经历" "" 决定 命运
· "" "性格" ""

第二句话：复杂事情简单
做，就是稳；
其他简单事情认真地
做、重复事认真心
做，你就是赢出。

若年人老伴堂
· 老伴：均未丧妻老伴相伴
一黄金夫妻到老视₍最幸₎

老妈在纸上抄了句话

老人七宝：老伴、老窝、老底、老本、老友、老来乐、老好人

老妈附注：

不到断气

积蓄老底

万万不能交出去

协议

1. 老爸去美国对女儿和对儿子一样（包括儿女的对方）

2. 我们俩自带生活费（不给女儿增加负担）

3. 88922, 1466马龙坐机.
   机 13520318 4500

小平书.

~~87975822~~

❀ 老爸老妈去姐姐那儿之前拟了个"协议"，商量好老爸去美国对女儿和对儿子一样（包括儿女的对方）；自带生活费（不给女儿增加负担）。

老爸说——
你妈不是坏人
她偶尔遇上屄人,比如我
按不住火

怎么办?
一耳入
一耳出
一口茶

北京华航旅行社

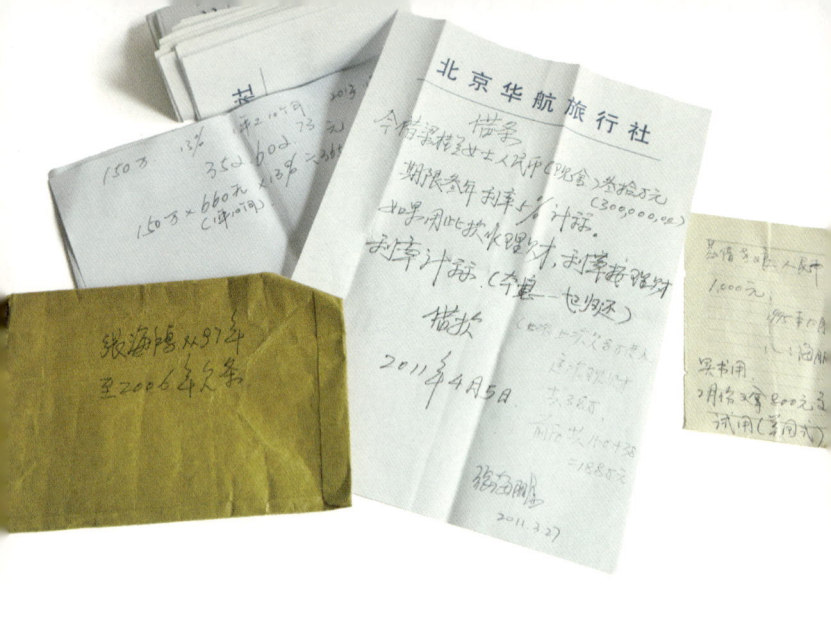

借条

今有梁桂致士人民币(现金)叁拾万元
期限叁年 利率与存计算 (300,000.00)
此款用此款水理林, 刘军桉楼牙
封库计算。(夺基一包均还)

借款

2011年4月5日

张西刚
2011.2.27

银海鸭从97年
至2006年欠条

吴书同
2月借2000元已
减用(另向大)

在一个信封里

我发现我们仨

欠老妈的借条

哥、姐、我

瓜分完老妈剩下的钱

这辈子最富足的瞬间

家里有我们仨不同时期打的借条,用于投资、用于买房、用于各自的需要,但无一例外老妈是收取利息的。有意思的是给每个人的利息还不一样。

先良离世
有此衣服、兜宝
共4角全钱。每人
1角留纪念。
2016.11.26.六

老爸走后,老妈从他最后的裤兜里搜出四毛钱
两张一毛纸币
两枚一毛硬币

她
我哥
我姐
我

一人
一毛

梁柱主（汉名） 父班基始

写兰其以格（蒙古名）

其父：梁忠轩（汉名）

哈斯巴根（蒙古名：玉柱）

生于1903年庚死于1953

年4月初九，（49岁）

其母：九世仁其以格.

生于1806年5月27日生地

巴塑乌三宫苏，死于1925年

12月3日70岁. 葬于尚旗家

富嘉.

姥姥为什么烟不离手还酗酒?

"她八个孩子只活了俩,包括我
有些苦难和荒唐
你没经历过"

心情非常老果,2016,太惨:丈夫去世,龙咬了
致紫老人,没有人陪我,朋对去的主人也察到烦躁,我把
不舍得,我把那呀呀了?该谁陪我一程?有人说:
我一个年纪唯心之人!纠信,悲哀!
元月一日 2017年1.1日事满了我.
思希有个好天气!结果浪.地寒瘦.只吩猫飞恕
思.闷住,「子杵".瓜发.正践厨房.全是"老爸"仙.
早了.沦我错下半年钓险心底落.

吧一试,要...:于;苹,瓜没,我知四方打封.
吃叱"前,"老爸"出去们一无望,我要今不行改
安里出一切.否见!,她夜曼食回来不见总们.
他去世后.中了悲伤.头发力把大把地.什
有人建议将短发剪了吧.那里不行呀.!她底

此刻
我身体里的每一根神经都在
想你

我知道
此刻
会过去

🌱 老妈只上过五年学,却留下了近30万字的日记。她热爱生活,也热爱记录生活。

能治愈的事儿是——
和小孩儿说话
和老朋友喝大酒
听老妈骂老哥老姐

父母在,尚有来处

父母亡,都是归途

老哥说:下一个该轮到我了

我说:春节没一定要去的地方了

时间那么浅

昨天是哪天

老妈,又梦见您啦

如果我和老妈在另一维空间相见
我和她说的第一句话会是什么？

——我们只会不断重逢

在垂杨柳，
在我的国

喝酒和作为花
我从来没败过

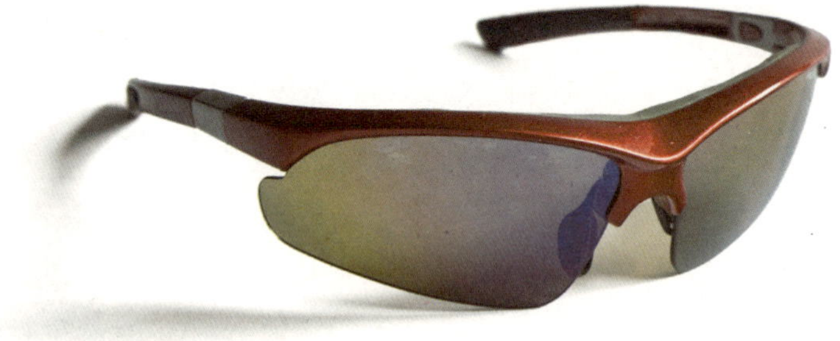

病床上最后这三年
你别看我似乎不动
其实我满宇宙溜达
知道所有人的恩怨

✿ 老妈老年最常戴的红色墨镜,骑行眼镜式样,戴上去显得很酷。

老妈手不离 iPad
——网上有个男孩儿嘴特别甜,总喊我,姐姐
——之后是不是开口要钱?
——是,嘴真甜

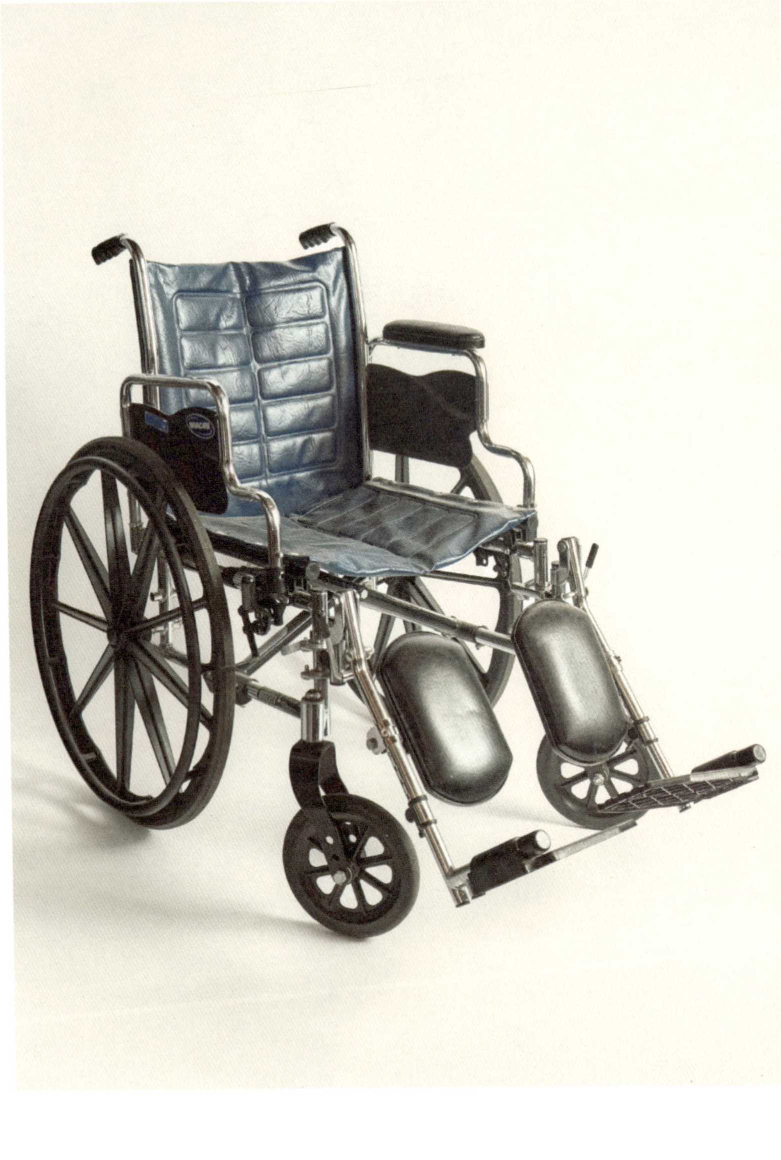

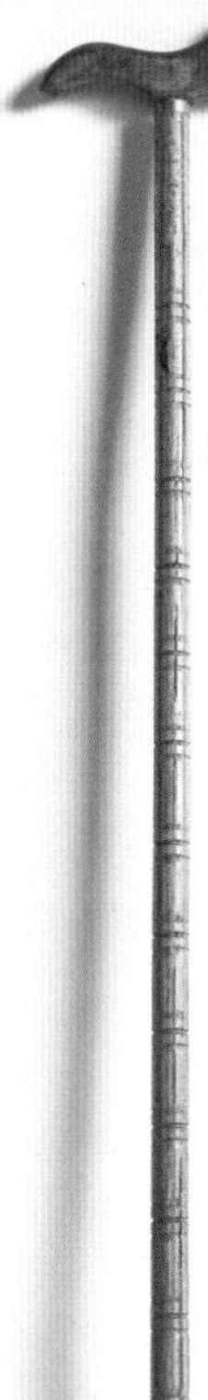

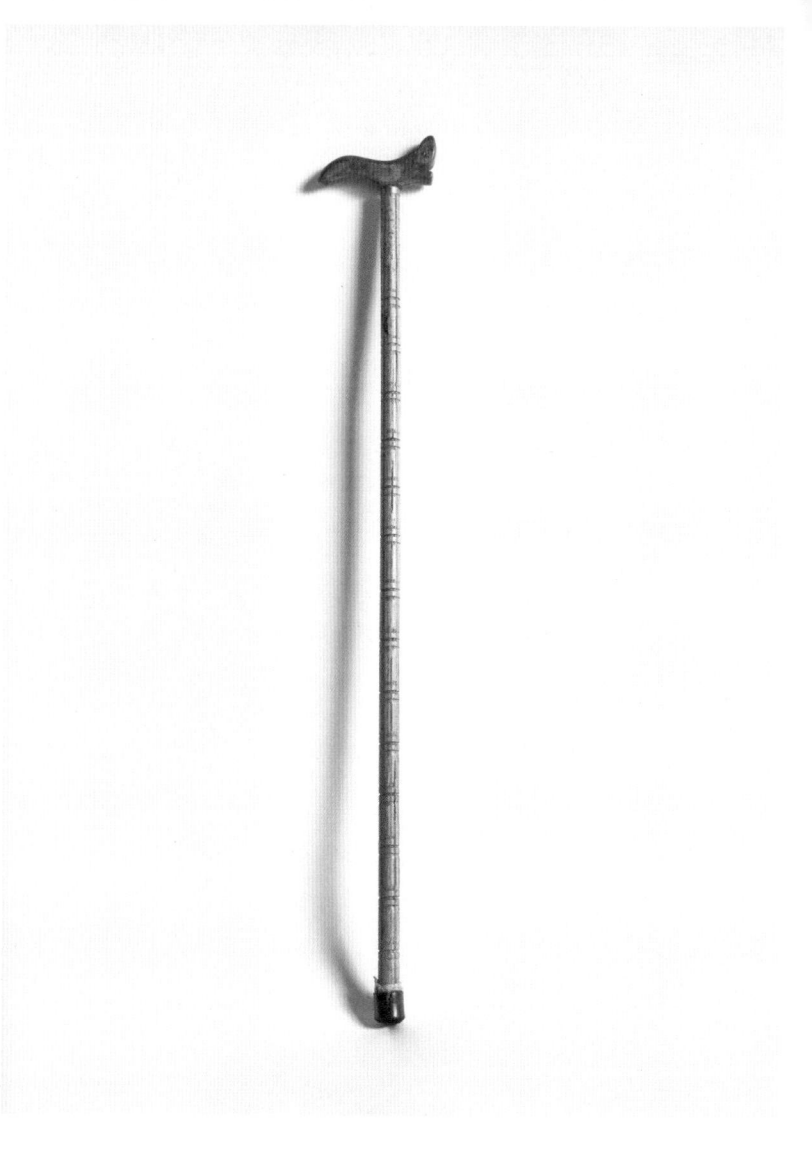

乌兰其其格，红色的花

老妈走不动路了

一头红发坐在蓝轮椅里

蓝瓷盆里一朵红色的花

我没见过拔了钉子之后的木头能愈合

拔了之后

这么多天了

愈合了吗?

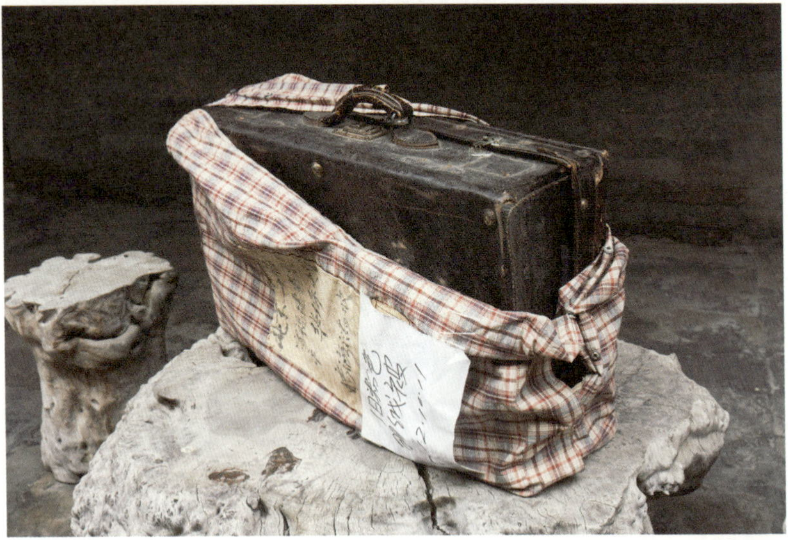

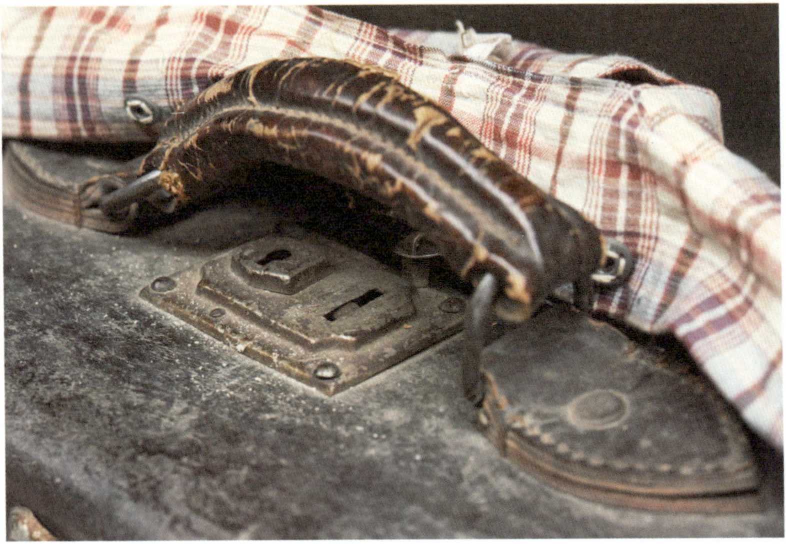

1958年11月24日,我妈带着姥姥来到北京

带着一床红牡丹花被子

后来有了

一个男子

三个孩子

✿ 这只皮箱是老爸当年从印尼漂洋过海来北京时带着的。后来老妈给做了一个皮箱套,老哥上大学时候还用过。再后来被用来装"旧粉色羽绒被",2012.10.11整理。

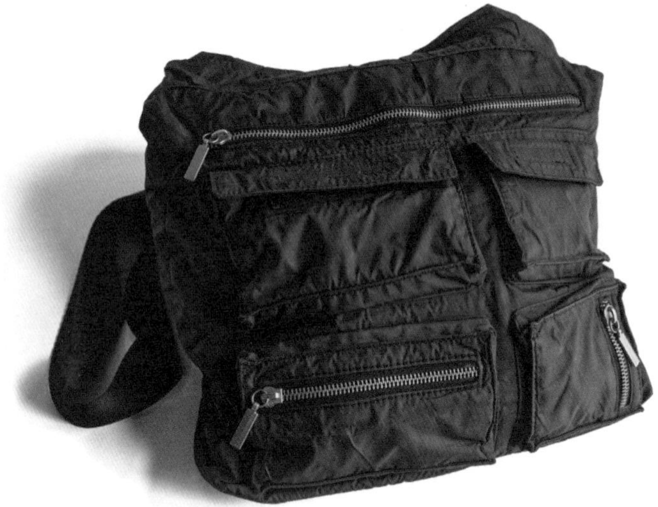

有个口袋很多的包

装着证件和银行卡

老妈从不离身

2024 年 3 月 27 日

上午,老妈让我哥带走它

下午,老妈走了

当天空这样晴

当海这样平

当人类的爱意升起,不能安静

我想起您

✿ 老妈把家里一切都交代得清清楚楚,包括门上钥匙。

我爸　我妈
我哥　　　我姐
　　我

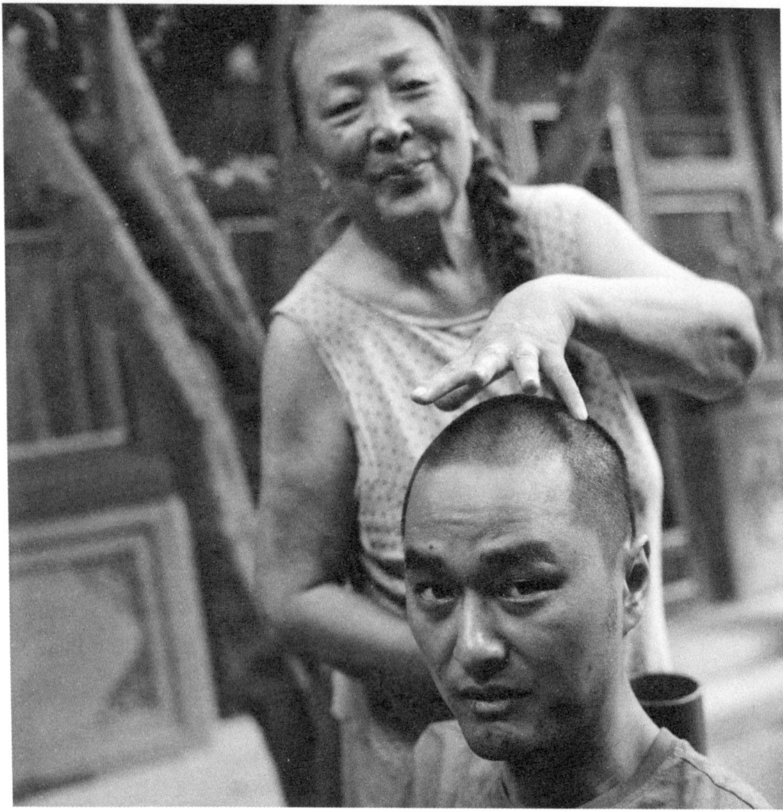

最爱我的那个女人走了

2024 年 3 月 27 日，16 点 45 分，北京，老妈走了。

老妈临走时，哥哥在身边。电话里，他和我说："老妈没受什么罪。"

我在伦敦，伦敦难得地阳光明媚。我坐在餐厅的窗边，选《冯唐讲〈资治通鉴〉》第三季的一百零四个案例，王莽出场了。

两只知更鸟（红胸鸲）飞到窗前，胸口在阳光下金光闪闪，表示了对于王莽的好奇。我读书、写书、写字，半小时以上，这两只知更鸟就会飞到我身边叫嚷，告诉我外边刚刚发生的事情。

三天前我才从北京飞回伦敦，计划着处理完几个事，过两周就再飞回北京。

离开北京时，老妈的病情已经稳定，脑子非常清醒，开始和我打听近来街面上的凶杀色情，开始搬弄是非，骂一些我俩都认识的人，特别是我哥和我姐，而且，想吃白菜粉条了。

主管医生说老妈可以转出 ICU 了。

"不舒服。我看差不多了。"老妈说。

"您放宽心,还能活很久呢。您想啊,白菜粉条,涮羊肉,手把羊肉。您不是还想去蒙古(国)吗?您不是还想带我回老家老哈河看看吗?在老哈河边,咱俩开瓶宁城老窖,吃肉,吹牛。"我一下子列了好些老妈心心念念要做的事。

三年以前,我总劝老妈,这么大岁数了,别老有那么多欲望。

老妈总是骂回来:"生而为人,欲望满身。没欲望了,我还是人吗?"近三年,老妈先是不能自理了,再是不能走了,再是不能站起来了,北京"垂杨柳之花"加速衰坏,出不了医院病房了。我每次见她,都挑逗她的欲望之火,希望她不要熄灭。

"好啊,我配合治疗,我争取能站起来,你陪我去蒙古(国)。你走吧,别太累,差不多得了。"老妈说。

这是老妈今生对我说的最后一句话。

"您听医生的话,每天能动弹就动弹动弹,我很快回来看您,等您能坐轮椅了,我陪您去蒙古(国)。"然后,我赶去机场了。

电话里,我和哥哥定完葬礼相关的事项,我问哥哥:"老妈最后是怎么走的?"

"医生突然通知老妈快不行了,我赶过去,老妈心跳几乎已经没了。医生说,已经抢救半个小时了,心脏衰竭了,放弃吧。我想,咱们仨孩子商量过,也和老妈确认过,不让老妈受太多罪,我就说:'好,放弃吧。'我和你说个神奇的事,医生和护士们走了,我和老妈两个人在病房,我看到她笑了,我照了相,稍后发给你。她竟然笑了。"哥哥说到这儿,就在电话那边哭了起来。

我说:"别想当时的场景了,我赶最早的一班航班飞回北京。"

老妈是萨满,知道到时候了,走前两个月,把她的仨孩儿都见过了,把银行卡里所有的钱也都转给我了。

老爸是佛,不用知道,抬脚就走了。老妈这是找老爸去了,八年之后,她又可以吃老爸炒的白菜粉条了。

2016年11月13日,老妈生日,中午,老爸给老妈做了面条。俩人吃完,老爸睡午觉,就再也没起来。估计老妈这次见到老爸,会骂他为什么不辞而别。

把我带到地球上的那个女人刚才离开地球了,从自己嘴里省出饭钱给我买书看的那个女人刚才离开地球了,在人群中一眼就能看出谁是我女友的那个女人懒得再看一眼这个地球了。

小学的时候,我立志读尽天下书,我跟老妈要四十五块钱,我要买全套《辞海》。

"好。你知道我一个月工资是多少吗?五十五块钱。但是,买书,只要你买了之后会看,多少钱都可以。"老妈说。

后来这四十五块钱在学校被人偷了,我回家,拒绝吃饭。

"你是不是不甘心,还想买?买吧,妈有钱。这次把钱放好。"老妈说。

我没好意思买四十五块钱的那版《辞海》，我花二十块钱买了一本绿皮的、厚厚的缩印版，我从头读到尾。

我还记得第一个词条，"一"，"一介书生，三尺微命"。

老妈走了，1937年生，2024年走，87岁。

我开了那瓶想等她身体好了和她分享的香槟，她出生年份的，1937年的香槟。

我脑海里的画面，1937年的她喝1937年的香槟，涮羊肉，人生美好。1937年的香槟留在瓶子里只剩一半了，但是喝到嘴里还很年轻。

嘴里香槟咽下去，眼里泪流下来，我脑子里的老妈还是那个年轻的、一顿能喝一斤白酒的、不会跳舞和骑马的、骂人词汇远超《新华字典》的老妈。

当时，我在香港，我没看到老爸最后一眼。如今，我在伦敦，我也没看到老妈最后一眼。

我尽快安排好了机票，回去送她最后一程。这次飞回北京，跟之前一千多次飞回北京的飞行不同，下了飞机，虽然还是去看老妈，但是老妈不会开门，不会说"抱抱"，抱了之后，也不会说"瞧你累得这个傻 × 德行"。

和我爸走的时候不一样。我知道老爸走了，直接哭倒在洗手间，然后就不哭了。我知道老妈走了，还坚持开完两个电话会，还做完一个近两小时的私域直播。但是，我一直在找机会哭，一直没忍住，一直恍惚，我不知道会持续多久。

那就就着悲伤写写文章吧，长篇小说《我妈骂过所有的街》

可以开始写了。

老妈走之前，几乎每次见我都问："你写我的那篇小说开始写了吗？"

"没呢。"我回答。

"为啥不开始写？"老妈问。

"您还在地球上啊。我有个预感，我一开始写，如果写顺了，您就离开地球了。"我回答。

"那我离开地球之后你再写，这小说即使卖火了，我也分不到钱了，我也听不见掌声了啊！"老妈说。

"我在您走之前写完了，书卖火了，我也不分您钱。我是作者，您是原型，我为什么要分您钱？"我说。

"真精，真精啊。信不信我死你后头？"我妈问。

"如果您真能死我后头，那真是太好了，那我真是太幸福了。"我说。

老妈，我说的是真话。如今，您走了，活着的我还是挺难受的。

算了，开始写以您为原型的小说《我妈骂过所有的街》。

第一句："其实你妈，我，不是个浑人，我，不是想骂街，只是这些人太傻了。上了哈佛，还学了佛，还是那么傻。不骂，怎么办呢？"

冯唐

2024 年 3 月 28 日，伦敦

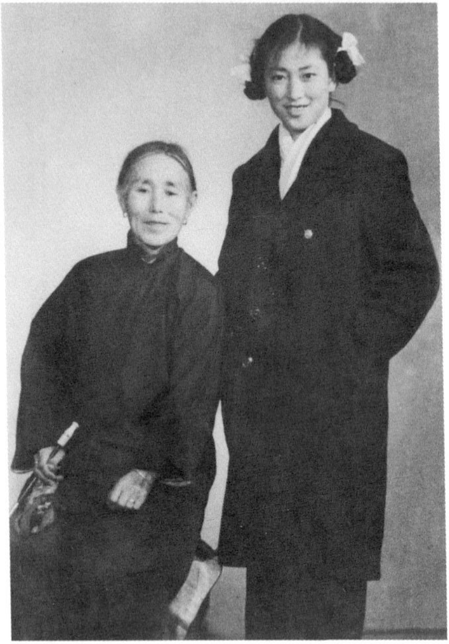

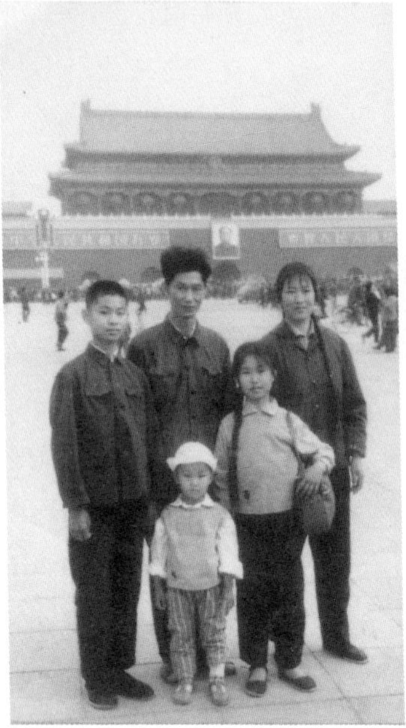

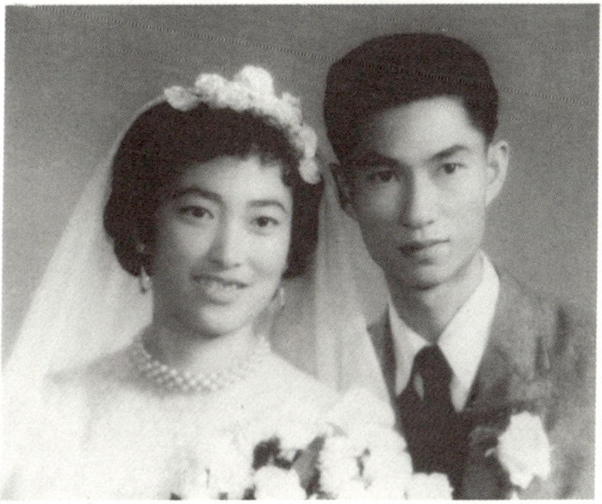

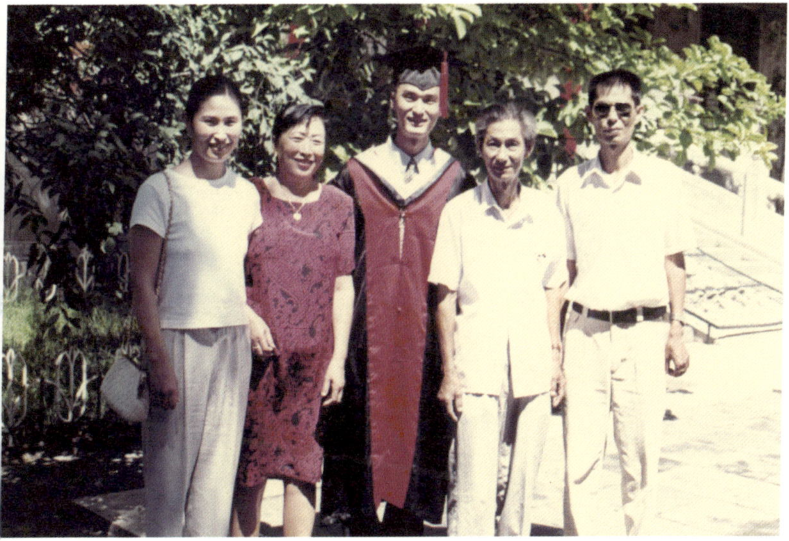

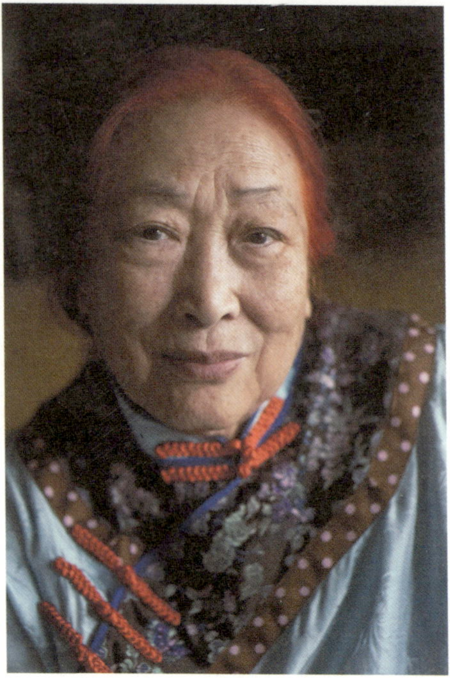

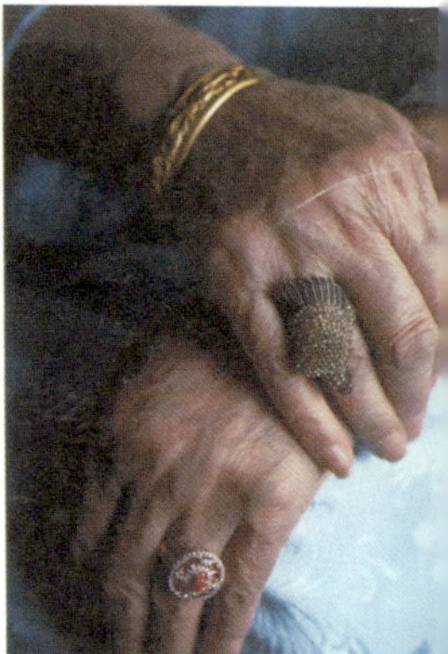

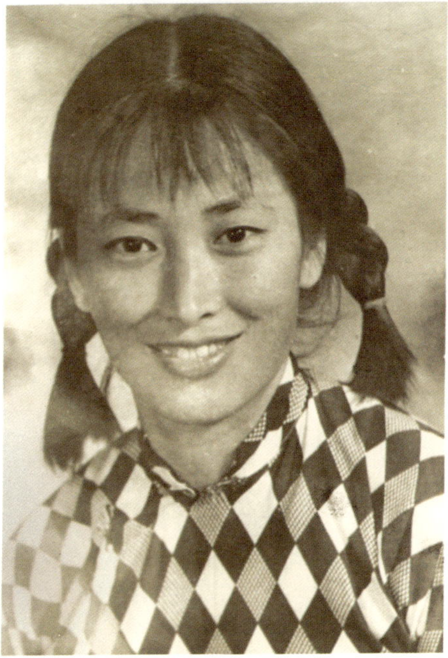

冯唐

诗人、作家、战略管理专家

1971 年生于北京

1998 年，获中国协和医科大学临床医学博士学位

2000 年，获美国埃默里大学 MBA 学位

2000-2008 年，麦肯锡公司全球董事合伙人

2009-2014 年，华润集团战略管理部总经理、华润医疗集团创始 CEO

2015-2021 年，中信资本高级董事总经理

现为成事不二堂创始人、董事长

已出版代表作：

长篇小说：《十八岁给我一个姑娘》《万物生长》《北京，北京》

散文集：《活着活着就老了》《三十六大》

诗集：《冯唐诗百首》《见一面吧》

管理：《成事》《金线》《强者破局》《胜者心法》

《作为花我从来没败过》制作团队

产品经理　慢　慢
装帧设计　林　林
静物摄影　姜雨达
艺术统筹　林　静
视觉顾问　朱朝晖
运营统筹　于　桐
出版监制　曹　曼

清澄
METABOOKS

写完关于老妈的诗集初稿，推门出去，院子里的迎春花开了。